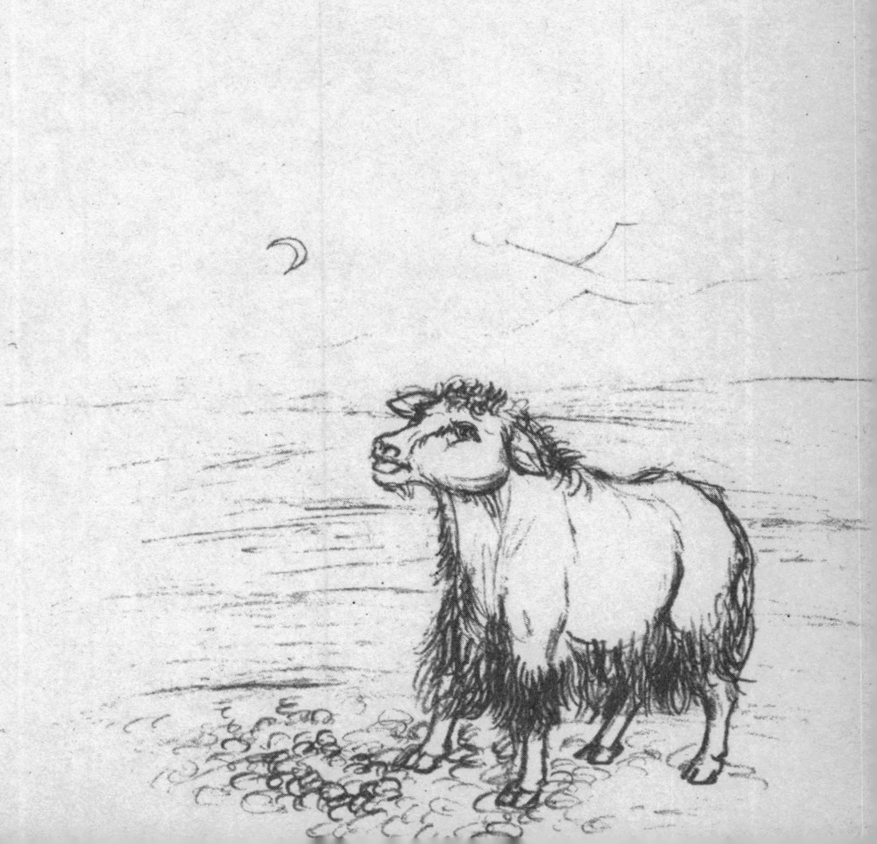

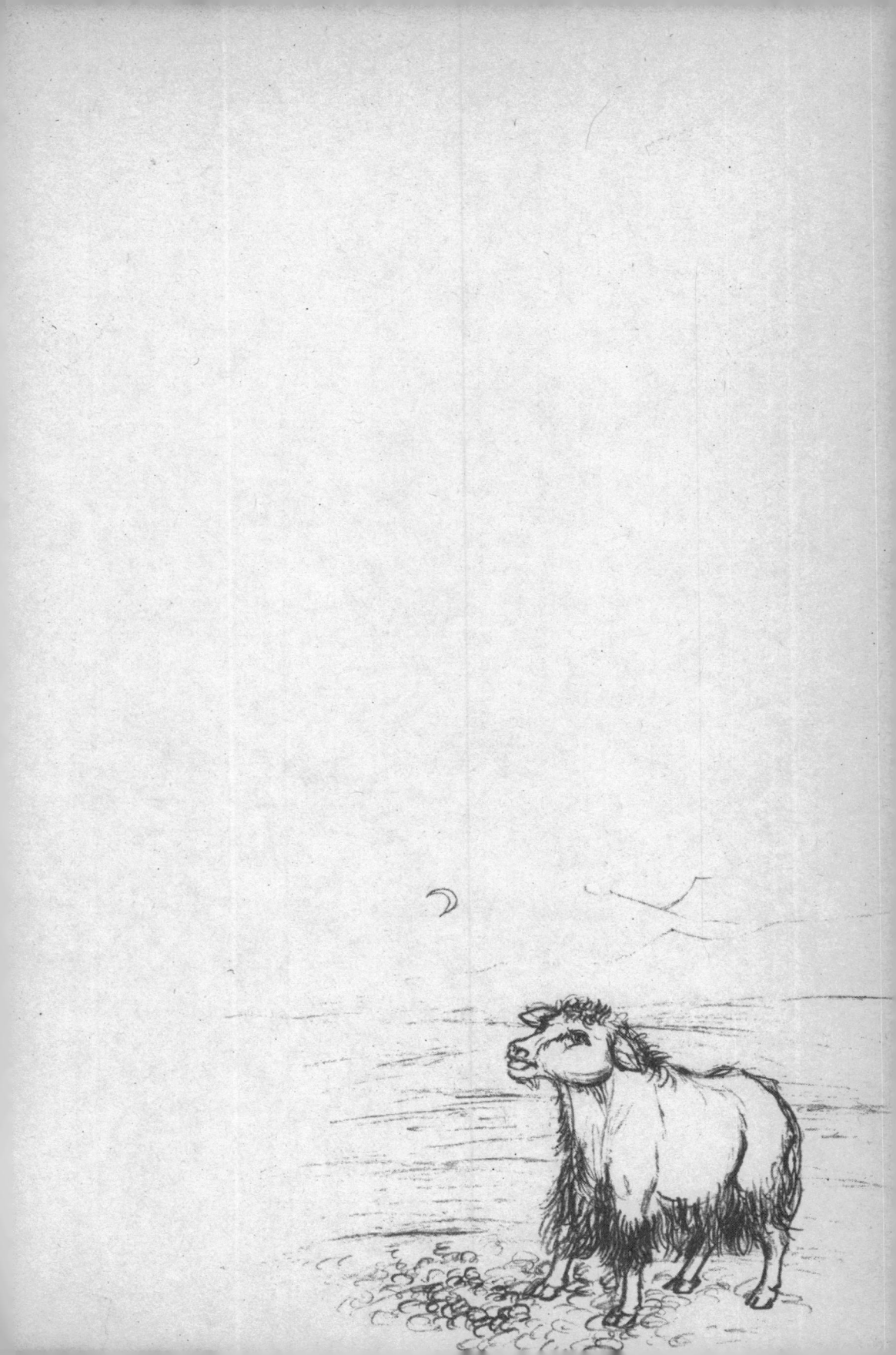

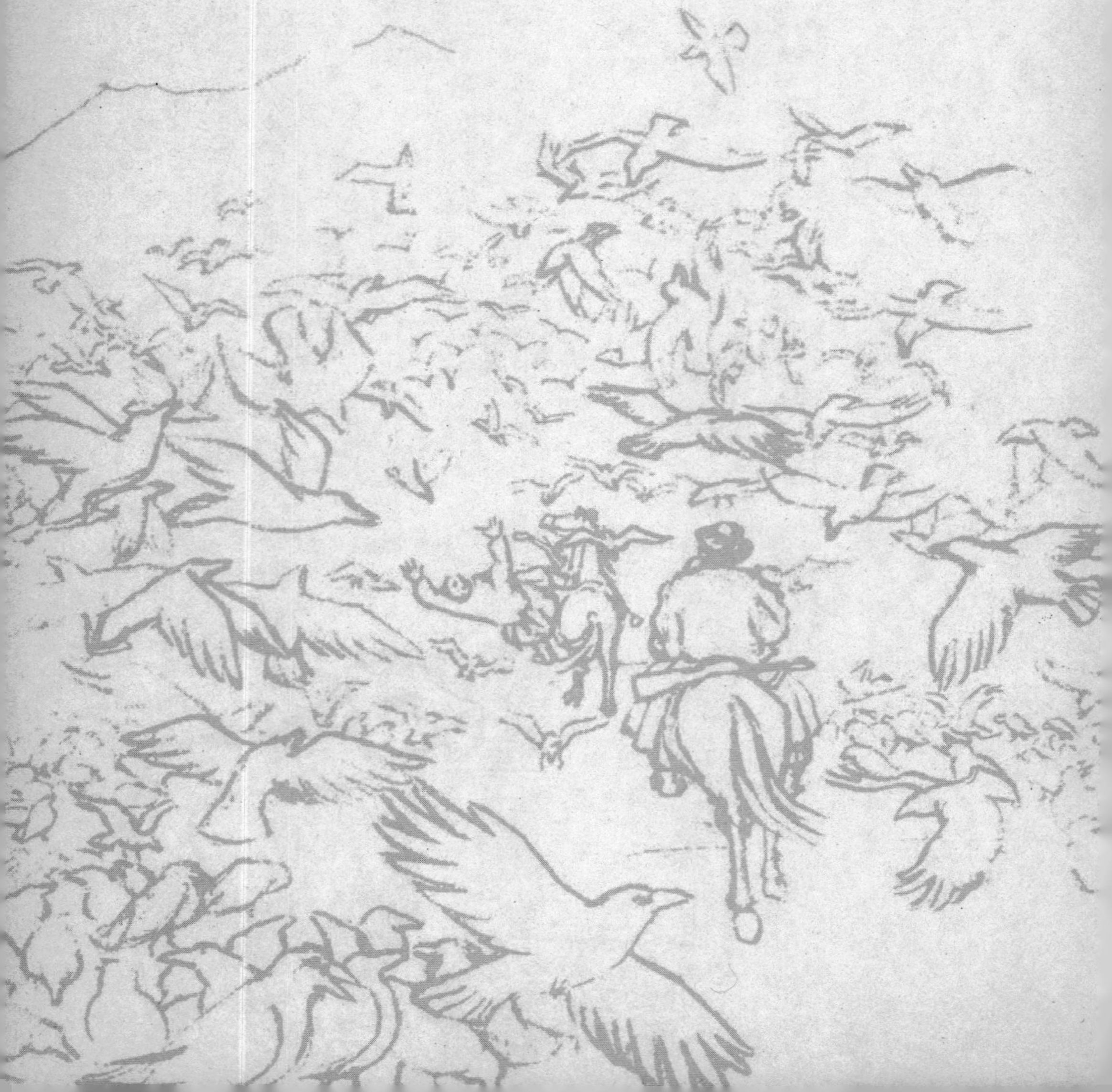

艽野尘梦

陈渠珍 著

西藏人民出版社

目　录

00　导言　　　　　　　　　　　　　　　　/001

00　总叙　　　　　　　　　　　　　　　　/001

01　成都至察木多　　　　　　　　　　　　/009

02　腊左探险　　　　　　　　　　　　　　/028

03　昌都至江达　　　　　　　　　　　　　/045

04　收复工布　　　　　　　　　　　　　　/067

05　进击波密　　　　　　　　　　　　　　/091

06　退兵鲁朗及反攻　　　　　　　　　　　/116

07　波密兵变退江达　　　　　　　　　　　/147

08	入青海	/169
09	过通天河	/192
10	遇蒙古喇嘛	/208
11	至柴达木	/225
12	丹噶尔厅至兰州	/246

附 录

01	三　七：陈渠珍的《艽野尘梦》	/268
02	钟叔河：想读《艽野尘梦》	/271
03	阿　细：一个军阀与一个藏女的爱情故事	/274

导　言

《艽野尘梦》是民国时期的一部奇书。此书写于1936年，书中所记为清末民初藏地之事，1940–1942年曾在《康导月刊》连载。著名藏学家任乃强先生读后说："但觉其人奇、事奇、文奇，既奇且实，实而复娓娓动人，一切为康藏诸游记最。"

《艽野尘梦》的作者是民国一代"湘西王"陈渠珍。晚清以来，湘西凤凰人才辈出，早年有出任中华民国内阁总理的熊希龄，后来又有作家沈从文、画家黄永玉，中间就有这个"湘西王"陈渠珍。

陈渠珍（1882—1952年），号玉鍪，祖籍江西，后迁入凤凰。16岁入沅水校经堂读书，1906年毕业于湖南武备学堂，任职于湖南新军。曾加入同盟会。1907年秋，赴武昌投奔湖广总督赵尔巽，被转荐到成都川边大臣赵尔丰处，任新军六十五标队官（相当于连长），驻防藏蜀要冲百丈驿。其时，俄国、英国势力觊觎西藏，外患入侵，西藏局势动荡不安。宣统元年(1909年)7月，陈渠珍所属部队奉命援藏。陈渠珍因素有胆略被任命为援藏军一标三营管带（相当于营长），参加恩达、江达、工布等平叛战役，后又远征波密叛军，屡建大功。驻藏期间，他同当地藏民、官员和喇嘛来往密切，还与藏族少女西原结婚。

1911年10月，武昌起义的消息传到西藏，进藏川军中的哥老会组织积极响应，并杀死统帅罗长裿。乱军欲拥戴陈渠珍为首领，而陈渠珍出于多方面的考虑，决定弃职东归。他偕湖南同乡士兵及亲信共115人，取道青海回中原，途中误入羌塘大草原，路途辗转，断粮数月，茹毛饮雪，仅剩11人生还于兰州。陈渠珍遣散部众，与藏女西原抵西安，其时家书未至，穷困不堪，仅赖救济度日。不久，西原不幸染天花病逝。24年后，陈渠珍追忆这段经历，写成《艽野尘梦》一书。1950年陈渠珍受邀参加全国政治协商会议扩大会议，谒见了毛泽东、周恩来，并与旧交贺龙元帅见面，还亲手将其所著《艽野尘梦》一册相赠。那时正好解放军进藏，贺龙便将此书转赠给十八军首长以资参考。

　　陈渠珍自藏返湘时，已是民国二年（1913年），旋即出任湘西镇守使署中校参谋。民国七年，陈渠珍任湘西镇守使田应诏组织的护法军第一路军参谋长兼第一梯团长，旋代理第一路军司令。由此开始其经营"湘西"三十多年的"湘西王"生涯。后成为著名作家的沈从文其时在陈渠珍身边当书记，他回忆陈渠珍："平时极爱读书，以曾国藩、王守仁自许，看书与治事时间几乎各占一半。在他的军部会议室里，放置了五个大楠木橱柜，柜里藏有百来幅自宋及明清绘画，几十件铜器古瓷，十来箱书籍，一大批碑帖，和一套《四部丛刊》。"

期间，1935年春，陈渠珍的部队被改编，而他以"湖南省政府委员"的空衔移住长沙，第一次结束了他在湘西的割据局面。这段空暇里，他写成了《艽野尘梦》。作者曾交代说，赴藏之前曾经"搜求前人所著西藏游记七种读之……，由藏归来，复购近人所著西藏政教及游记八种读之"，可见写作之前做了充分的准备。

《艽野尘梦》一书，总叙之外，计有十二章，六万余字。作者原序有云："追忆西藏青海经过事迹，费时两月，著为《艽野尘梦》一书，取诗人'我征徂西，至于艽野'之意。""我征徂西，至于艽野"出自《诗经·小雅》。艽（jiāo）有"荒远"之意，还有一种植物叫"秦艽"，生长在海拔三千米之上的高原，此处，作者便是以"艽野"指代青藏高原。现在看来，《艽野尘梦》是一部精彩绝伦的传记小说，还是一份珍贵的清末民初军政备忘录，也是关于一百年前西藏风俗民情和青藏高原的人文地理考查报告。此书每章以地名为标题，记录了从成都起程，至西安为止的这段游历，总计有成都、昌都、江达、工布、波密、鲁

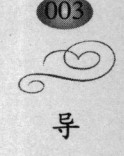

朗、青海无人区、通天河、柴达木、丹噶尔厅、兰州、西安等大的地名，几乎每处都有山水风光和人文习俗的描述。书中记录了英、俄等国觊觎下复杂的西藏局势，清封疆大吏间和军队内部的勾心斗角，记载了辛亥革命对西藏和川军的重大影响。其描写藏女西原，字字感人；描写荒原求生，处处惊心。

《艽野尘梦》于1999年由西藏人民出版社出版，收录了任乃强先生为该书所做的校注。此次修订出版，编者对内文重新校订排版，并参考任乃强先生的校注补充注释，还请中央美院的王志兴老师绘以插图，以便于读者阅读。任乃强先生是此书最重要的发现者和推广者，在此特向已经故去的任先生致敬。

一本书有自己的命运。我们深信，《艽野尘梦》将是一本传世之作。希望编者菲薄的努力没有玷污它的华彩。

00 总叙

西藏，汉为西羌，唐为吐蕃，明为乌斯藏。素奉佛，初崇红教，习符咒及吞刀吐火之术。有宗喀巴者，入大雪山苦修，道成，乃正戒律，排幻术，创立黄教，风行全藏，红教寖衰。其高足弟子二：长曰达赖，即当时藏王，驻拉萨，握政教权，统治全藏，与罗马教皇同；次曰班禅，驻后藏，仅负教皇之名而已。

清初，设驻藏大臣管理监督，既而印度沦为英殖民地，英之陆军直达喜马拉雅山麓。俄之势力亦骎骎逾帕米尔高原，侵夺中国领土。英、俄争夺加剧，于是英人欲得西藏，进窥康蜀，以完成其扬子江势力范围，俄人亦欲得西藏，附印度，逾葱岭，夺新疆，

宗喀巴（1357—1419），出生于今天青海湟中县一带，他创立的藏传佛教格鲁派（黄教）至今为我国藏地第一大教派。格鲁派在发展过程中，从其他教派那里吸取了"活佛转世"制度，以解决其宗教领袖的继承问题，逐步形成了达赖、班禅两大活佛系统。"一世达赖"是宗喀巴最小的弟子根敦珠巴，"一世班禅"是宗喀巴的另一个弟子克珠杰，他们都是在达赖、班禅转世制度确立后被追认的，陈渠珍所记略有偏差。

寖衰：渐趋衰落。骎骎：马快跑的样子。葱岭：即帕米尔高原。

席卷蒙朔。英人自失北美，视印度为"天府"，恐俄捷足，因先发制人，利诱达赖，认西藏为独立国，与唐古特政府直接订立英藏新约。钦使某，且为署名签字。自后清廷遂不能过问藏事矣。

达赖既入英人彀中，驻藏大臣，类皆昏庸老朽，清末屡王守位，淫后专权，不知强邻逼处，宜固藩篱。达赖亦渐知英之阴谋，其属下藏王边觉夺吉对沙俄心存幻想，见英人虎视眈眈，乃联俄抗英。借贺俄皇加冕为名，赴俄京以施其纵横捭阖以夷制夷之术。英闻之怒，遣精兵数千，逾雪岭侵入中国领土。

达赖固以活佛自居，至是亦就其建亭寺护法跳神问卜，以决

"英藏新约"指1904年（光绪三十年）英国强迫西藏地方政府签订的《拉萨条约》，此前达赖已经出走，清驻藏大臣有泰在条约上署名。陈渠珍的叙述在时间顺序上不确切，对时局的描述亦有误，任乃强先生指出"达赖初欲奔俄，清廷多方阻之，迁延年余，始被迫入京，非迳赴京求援。时达赖与清廷甚相左也"；"达赖离藏后，清廷命张荫棠、联豫等先后入藏办理善后，直接掌握西藏政权。联豫奏请自川调兵一协入藏驻防，镇慑反侧，非清廷应达赖请，调兵往援也。"唐古特：蒙古语，清代称呼西藏之名。

和战。护法大言曰:"佛能佑我,敌可虏而收其器械,请决战。"达赖信之,调藏中兵数千拒英兵于庆喜关外。英人涉险深入,遇伏仓促应战,死亡百余,稍却。藏中相庆,以为神言验矣。而英复整军进,藏兵素缺乏训练,卒大败,死千余人,遂望风披靡。

达赖知大势已去,乃捕建亭寺护法寸磔之,囚其母于工布之头波沟,携带珠宝珍物数百驮,率千余人出奔哈喇乌苏。因行甚缓,恐英兵追及,乃封存宝物于其喇嘛寺,留兵守之,仅率百余人入京求援,为慈禧诵皇经祈福。慈禧素佞佛,乃命川督遣混成一协赴援。予时任川陆军六十五标队官,亦与入藏焉。

跳神:在藏区各地喇嘛寺举行法会庆典时,由喇嘛僧侣表演的一种宗教仪式舞蹈。这种舞有单人舞、双人舞和集体舞三种形式。跳舞时带假面具,穿长袍,佩彩带和刀盾。伴奏的乐器有舞钹、牛角号、唢呐等。

磔,分割肢体的酷刑,"寸磔之"即俗语所谓"千刀万剐"。

总叙交代作者入藏的时政背景和个人背景。其时英、俄等国插手藏事,而清室衰微,革命兴起,藏地局势甚为叵测。

余自长沙军校毕业后，任湖南新军第一标队官，湖南新军，创自湘督端方，以旧有巡防军改编为一、二两标，士皆稚愚，将校多出身行伍。独予队兵卒，新募自家乡，皆青年学子，及茂才廪膳生。其时革命思潮已萌芽于内地，湖南民气尤激昂。革命先进，迭遭失败，知非联络军队不足以颠覆满清，乃设同盟会支部于长沙。予鉴于清政不纲，外侮侵陵，方醉心于政治革命。窃幸所部皆青年俊秀，乃于军事训练外，授以国文史地测算诸科，期年之后，思想为之一变，且大半加入同盟会。尝秘密集会于天心阁，士气日张，泛驾跅驰之行，不可复制。予既怀古人勿撄人心

清末兵制，一个省约驻军"一协"，设协统。协辖三标，设标统，标辖三营，设管带（类似于后来的营长），营辖四连，设队官；连辖九棚，设哨官；每棚有士兵十八人。

茂才，即"秀才"。东汉时，为避讳光武帝刘秀的名字，将"秀才"改称"茂才"。廪膳生，又称廪生，明、清两代科举制度中生员名目之一，由府、州、县按时发给生活补助的生员。廪，本意是米仓，在这里指由官府供给粮食。

达赖就其建亭寺护法跳神问卜，以决和战

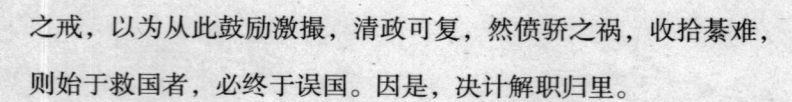

之戒，以为从此鼓励激撮，清政可复，然偾骄之祸，收拾綦难，则始于救国者，必终于误国。因是，决计解职归里。

越年，同学友约赴鄂谒鄂督赵尔巽。尔巽在清封疆大吏中，为最明达者。抚湘时，锐意兴学练兵，予等皆受其陶铸者也。其弟赵尔丰督川，将有川边之行，亟需材，尔巽资遣予辈入蜀。至成都，尔丰疑湘人皆革命党，不即擢用。未几，尔巽移督川，尔丰授川边大臣，任命予为六十五标队官，隶协统钟颖部。旋分防百丈驿。军余多暇，知英人谋藏急，部下有自藏归者，辄从问藏中山川风俗，参以图籍，深悉藏情。

泛驾跅驰：狂放不羁之状。典出《汉书》记载的汉武帝的《求茂材异等诏》："夫泛驾之马，跅驰之士，亦在御之而已。"意即再暴烈的马、再放荡的人才，关键也在于如何使用。不可复制：不能再制止。

勿撄人心：不可扰乱人心。撄（yīng）：纠缠，扰乱。典出《庄子·在宥》：老聃曰："汝慎无撄人心……偾骄而不可系者，其唯人心乎！"偾骄：张扬、骄矜。偾（fèn）：紧张而奋起。

激撮（cuō）：教唆、煽动。綦（qí）：极，极度。百丈驿：在今四川雅安市名山县，当藏蜀要道，陈渠珍留意藏事，始于此。

适钟颖奉旨援藏。予见猎心喜，上西征计划书，于藏事规划颇详尽。钟颖大加称赏，立召余回成都，委援藏一标三营督队官。予以眷属浮寓成都，留无依，归无资，送无人，力辞不就。管带林修梅力劝不已。钟颖复馈多金，优给月廪。余感其意，遂行。

时革命思潮遍于中国南部。四川僻在边隅，一年之中，捕拿革命党破获机关之事时有所闻。青年志士，亦渐染革命思潮，群起作排满运动。余入藏之心虽决，时侄方大病，妻年少，凄凉异地，形影相吊，闻予将出塞，均痛哭牵衣。予至是亦觉儿女

妻年少，凄凉异地，形影相吊，闻予将出塞，痛哭牵衣

情长，英雄气短。顾钟颖遇我厚，又念革命潮流，终难避免。异日茫茫禹域，谁是乐郊。且余在军未尝他务，而川当局犹以革命党目之，久客他乡，殊非长策。西藏地僻远，而俗椎鲁，借此从戎之机，漫作避秦之游，亦计之得也。乃百计安慰家小，摒挡家事，挥泪而行，时宣统元年秋七月既望也。

钟颖，清正黄旗人。其父晋昌娶了咸丰皇帝的妹妹。钟颖算是同治帝的表兄弟，很受慈禧宠爱，18岁时即受命训练新军；以协统之职率军入藏时，年仅22岁。钟颖的"协"辖三个"标统"，一个由钟颖兼任，一个为刘介堂，一个为陈庆。

林修梅，湖南人，林伯渠堂兄，当时在陈庆"标"下担任第三营管带，后自藏地解职归，奔走革命，成为孙中山麾下骁将。陈渠珍一开始担任第三营督队官，相当于副营长，后代替林担任管带。

禹域：指中国，因大禹得名。乐郊：典出《诗经·硕鼠》，指美好的居所。椎鲁：愚钝。

01　成都至察木多

援藏军出师计划，经长时期之筹备，颇极周密。讵料一经开拔，障碍横生。尤以夫役逃亡一事，最为骚扰。军行所至，四出拉夫，人民逃避一空。三营殿后，夫役逃亡尤多，行李沿途遗弃，虽出重资，不能雇一夫。纪律废驰，非复从前节制之师矣。读唐人应役出塞诸诗，苍凉悲壮，非身历其境者，不知其言之酸而词之切也。

自成都四日而至雅州，风景与内地同，自是以后，气象迥殊，山岭陡峻，鸟道羊肠，险同剑阁，而荒过之。沿途居民寥寥。师行于七月，时方盛暑。身着单服，犹汗流不止。过雅州，

此章叙自成都至昌都一路行军见闻。

唐人出塞诗名句有王昌龄"秦时明月汉时关，万里长征人未还"，王维"劝君更尽一杯酒，西出阳关无故人"，王之涣"羌笛何须怨杨柳，春风不度玉门关"等。

讵料：不料。

雅州：治所在今四川雅安。

则凉似深秋，均着夹衣。愈西愈冷，须着西藏毡子衣矣。过大相、飞越诸岭，皆重峰叠嶂，高峻极天，俯视白云，盘旋足下。大相岭，相传为诸葛武侯所开凿，故名。经虎耳崖，陡壁悬崖，危坡一线；俯视河水如带，清碧异常，波涛汹涌，骇目惊心。道宽不及三尺，壁如刀削。余所乘马，购自成都，良骥也，至是遍身汗流，鞭策不进。盖内地之马，至此亦不堪矣。

行六日至泸定桥，为入藏必经之道，即大渡河下流也。夹岸居民六七百户，河宽七十余丈，下临洪流，其深百丈，奔腾澎湃，声震山谷。以指粗铁链七根，凌空架设，上覆薄板，人行其

以指粗铁链七根，凌空架设，人行其上，咸惴惴焉有戒心

上，咸惴惴焉有戒心。又行二日至打箭炉。

登大相岭，相传不能交言，否则神降冰雹。予过大相岭时，竭蹶至山顶，见清果亲王摩崖题碑诗，上部为雪所掩，以马挝拨之，有句曰："奉旨抚西戎，冬登丞相岭，古人名不朽，千载如此永。"盖景仰先贤，亦自诩也。同辈回顾，予犹未至，大声呼唤，有应声而呼者，众声交作，天陡变，阴云四起。雹落如拳粗，予急奔下山。后来者多为雹伤。盖雾罩山头，阴寒凝聚，一经热气冲动，雹即随之降落，亦物理使然也。

打箭炉，为川藏交通枢纽地。相传为诸葛武侯南征时，遣郭

　　大相岭位于今四川省雅安市南部，为大渡河与青衣江分水岭，相传诸葛亮征西南部落曾经过此，上有诸葛庙。

　　打箭炉今被称为康定，是四川甘孜州的党政驻地。"打箭炉"三个字，是藏语"打折多"之译音，明初即有此译称，清乾隆时始有人附会出诸葛亮的传说。此地最为著名的喇嘛寺有八所，号称"八大喇嘛寺"。

　　竭蹶：力竭颠仆，喻艰难困苦。

　　马挝：马鞭子。

达于此设炉造箭，故名。其地三面皆山，终日阴云浓雾，狂风怒号，气候冷冽异常。山巅积雪，终年不化。三伏日，亦往往着棉衫焉。驻打箭炉数日，官兵内着皮袄，外着毪子大衣，犹不胜其寒矣。予尝戏谓内地冬寒，寒由外入；病疟发寒，寒由内出；塞外之寒，寒生肌肤。亦事实也。

一入炉城，即见异言异服之喇嘛，填街塞巷，闻是地有喇嘛寺十二所，喇嘛二千余人。居民种族尤杂，有川人，滇人，陕人，土人，回人；又有英法各国传教士甚多，土人迷信喇嘛教，家有三男必以二人为喇嘛，甚或全为喇嘛者。盖喇嘛据有最大势

一入炉城，即见异言异服之喇嘛，填街塞巷

力，能支配一切，一为喇嘛，身价即等于内地之科第，故人人以得为喇嘛为荣也。

　　康藏一带，气候酷寒，仅产稞麦，故僧俗皆以糌粑为食，佐以酥茶，富者间食肉脯，以麦粉制为面食者甚少也。糌粑制法，以青稞炒熟磨为细粉，调和酥茶，以手搏食之。酥茶者，以红茶熬至极浓，倾入长竹筒内，滤其滓，而伴以酥油及食盐少许，用圈头长棍上下搅之，使水乳交融，然后盛以铜壶，置火上煎煮。食糌粑时，率以此茶调之。且以之为日常饮料。藏民嗜此若命，每饮必尽十余盏。余初闻此茶，觉腥臭刺鼻。同人相戏，盛为酒

　　糌粑（zān bā）是藏族人传统主食之一。"糌粑"是炒面的藏语译音。制作时先将青稞晒干炒熟，磨成细面，不去皮。然后把糌粑放在碗里，加点酥油茶，用水不断搅匀，直到可以把糌粑捏成团为止。

　　酥油是从牛羊奶中提炼出来的乳制品，酥油茶是用熬成后的砖茶水、盐巴和酥油制成的。打酥油茶是在一个特制的酥油桶内，用一种活塞式的棍轴在桶内上下冲击、搅打，使水、油交融而成。打好后，将酥油茶倒入茶壶内，置于文火之上，可以全天饮用，不会变凉。

筵，约以各饮一盏，不能饮者罚如其数，予勉呷一口，即觉胸膈作逆，气结而不能下，自认罚金，不敢再饮矣。

藏民男子皆衣宽袍大袖之衣，腰系丝带，头戴呢帽，或裹绒巾，足着毪子长靴。女子衣长衫，毪裙，系腰带，头戴巴珠，项围珠串。

喇嘛服饰，因阶级而异。上焉者内着衬衣，外缠红黄哔叽披单，帽作桃形，靴为红呢制，手拿佛珠，口诵佛号。其下，则粗呢披单，交缚上体而已。藏民住宅皆为层楼，上中层住人，下层为豢养牲畜，屋顶扁平，或上覆泥土，室内及墙壁彩绘山水人

毪（mú）子：西藏出产的一种粗糙的羊毛织品。

巴珠：藏族妇女的一种头饰，通常是以布扎成一个三角形的架子，上面缀以珊瑚、松耳石、珍珠等。

物。若喇嘛寺，则楼高有至十层者，金碧辉煌，极为壮丽。

我军由川出发时，适达赖由京返藏，途次，得其藏王厦札密报谓："英兵已退，川军大至，恐不利，宜制止之。"达赖既向清廷求援，又不便反复，乃密令厦札发藏兵万人扼要拒之。川边大臣赵尔丰，知其谋，乃自率兵八营，由北道进剿德格叛匪，而令钟颖所率川军由北跟进，会师于昌都。

全军集中打箭炉待命，约一周，钟统领始至。又准备三日，即出发。由打箭炉出关，即属川边境。其入藏大道，至巴、里塘，昌都，恩达、硕板多，丹达、拉里、江达、至拉萨，为川藏

这里说的藏王厦札，就是总叙里提到的"藏王边觉夺吉"，他全名厦札·边觉夺吉，是当时西藏地方政府中最有势力的噶伦。达赖虽然出亡在外，在西藏主持政务的噶伦，每事仍旧要请示达赖。清朝派出的联豫表面上虽然"主持藏政"，但他的命令多半无法推行；因此，他要求政府派兵入藏以帮助镇慑。达赖被放回西藏，行至甘青境内，听到川军入藏消息，就下令噶伦派兵抗阻。事实与文中所说"求援"、"反复"不符。

时赵尔丰在德格平叛，听说藏兵已作好抗击准备，而钟颖的部队都是新兵，便命令钟颖军改由北道，以避免与藏兵正面冲突。

大路，逐站人户甚多，是为康藏南路驿传大道。我部奉令改由北道出关，行一日，由折多塘北向，经长坝春、霍尔章谷、甘孜、曾科、岗拖，至昌都，或绕岗拖趋类乌齐，三十九族，至拉里，为北路。道路荒僻，往往一二日无人烟。

藏地行军，动需乌拉驮运。又须二三日一换，故无乌拉，即不能行一步。盖弹药粮秣，行李乘骑，每营须牛马二千余头之多，悉取给于沿途藏人。长途行军，决非内地夫役力所能任。即内地之马，一入藏地，亦不堪用矣。赵尔丰以陆军初入藏，情形不熟，恐猝遇战，乌拉不继，故令我军走北路，为策安全也。

"噶伦"，藏语音译，官名，旧西藏噶厦政府最高世俗行政官员。1959年以前，西藏地方政府又称噶厦政府。噶厦设有噶伦四人，一僧三俗，一切重要事务，都由噶厦议决后呈达赖喇嘛或摄政活佛核准执行。

德格，即今四川甘孜州德格县。其时，德格土司长子和次子因争夺继承权发生内讧，引发动乱。1909年赵尔丰讨平德格土司叛乱，并在该地推行改土归流。

我军由炉出发之日，适雨雪交作，寒风刺骨，军队与乌拉，恒混杂而行。此路名虽驿站，半为山径，砂砾遍地，雪风眯目，时登时降，军行甚苦，沿途绝少居民，抵折多塘宿营，已七时矣。天黑路滑，部队零落而至。士兵喧呼声与牛马嘶鸣声，直至夜半始止。官兵咸缩瑟战栗，不胜其凄楚焉。

由折多塘经长坝春、道坞、霍尔章谷，至甘孜一带，沿途均有村落。居民数十户或数百户不等。途中亦有小村落及喇嘛寺。此二十余日中，天色晴霁，道路皆沿山腹或山沟行。甚平夷。犹忆第一日由炉出发，官兵饱受风雪之苦，余以此去苦寒，必更有

长坝春，是康定县上木雅乡的一个村子。藏语呼农村曰宗，因此也叫长坝宗，而汉人听成了长坝春。这一带从折多塘到道孚都是牧场，只有长坝春与泰宁是农村，所以是替换乌拉的要地。

"乌拉"，在藏语中都作"差役"解，源于突厥语，给官府或权贵服劳役称为"支乌拉"，是过去的藏族农奴最经常的遭遇。拉萨有首民歌："如果我没兄弟，只有出去支乌拉；如果兄弟两个，一个要去当扎巴（小和尚）；如果兄弟三人，最好赶快逃出去，要不在家装哑巴。"文中的乌拉，是指以牛马帮助军队作运输工具。

甚于此者，殊次日，天忽晴霁，沿途风清日暖，细草如茵，两面高峰直矗，山巅积雪，横如匹练。有时出岫白云，与摩天积雪，共为一色，凝眸远望，奇趣横生，几忘塞外行军之苦。

余任督队官，每日必于黎明前率通事藏人及各队监营官，乘马先行。一日，将抵长坝春时，天和春软，周道如砥，一望平原无际，藏人扬鞭策马，疾驰如飞，群马奔逐，勒之不能止。余马术未精，身重腿轻，左右颠簸，几跌下，勉驰至宿营地，已汗流浃背，腿痛不能行矣。

一日，行抵道坞，天尚早，因偕同人闲步近郊，有民舍十余

余任督队官，每日必于黎明前率通事藏人及各队监营官，乘马先行

家散居疏林间，草美而细，风景如画。林外一沟宽四五尺，碧水清浅，鱼多而巨，往来游跃。余等正苦无肴，将取之食之。又疑此地居人甚多，岂无网罟，河鱼之繁殖如是。询之通事，始悉藏人死后，不用棺封。土掩其上者，延喇嘛讽经，寸磔其尸，以饲雕鸟，为天葬。其次以火焚之，为火葬。下焉者投尸水滨，任鱼鳖食之，为水葬。故藏人无食鱼者。余等闻之，乃止。

霍尔章谷，居民百余户，已改土归流，设理事官于此。汉人甚多。我军出关后，沿途所见，皆赭面左衽之藏民。所食，则酥油糌粑奶酱。荒山野户，又无蔬菜可购。竟日疲劳，不获一饱。

道坞，四川甘孜自治州道孚县的旧称，藏语译意为"马驹"，县城地形如马驹，故名。

陈渠珍对藏人葬礼的说法不够确切，藏俗，火葬是较高级别的，喇嘛等才可享受，天葬是大部分普通人的葬法，水葬是经济地位十分低下的人使用的葬法。藏南深谷区因无鹰飞来，大部分也行水葬。藏俗忌杀生，所以鱼、鸟之类的小动物得以保存。因粮食缺乏，为维持生命，不得不屠杀牲畜，受戒的佛教徒也可以吃肉，但不能亲手屠杀也不能亲眼看见牲畜死亡。在藏地做屠夫出发时，原拟多带食品，因林修梅力言不可，致途次食不甘味，至以为苦。至是，始有物可市。共购猪一头，鱿鱼数斤，切碎，豆豉炒之，分盛两桶，载之以行。修梅犹啧有烦言，余等亦不之顾。然以后每餐，修梅则较他人抢食为多，其馋酸真可鄙也。

途次，见乌拉千百成群，尚未注意。至霍尔章谷换乌拉。先日傍晚，尚未齐。夜半，闻四野声喧，视之，乃藏民送乌拉牛马至矣。漫山遍野而来，不下数千。余方虑明晨掉换乌拉，驮装捆载，不知费时几许。迨次晨起视，则一人挟一驮，置牛背上，每驮重逾百斤，竟能举重若轻，约一时许，而二千余驮粮弹捆载已

的人，是地位最低下的，而且可以屠杀的动物仅限于牛，因为杀一头牛可以维持很多人的生命，而以鱼、鸟之类作食物则需牺牲大量的生命。

霍尔章谷，即今四川甘孜自治州炉霍县，是原来的霍尔章谷土司驻地。"改土归流"指改土司制为流官制，是清雍正之后，用来对待西南地区各民族的一种统一化、集权化政策。雍正年间，云贵总督鄂尔泰认为土司制度是西南边疆的最大隐患，只有将各地"百世不移"的土司逐渐擒拿、招抚，在其统治地区改设朝廷派出的"流官"，才可治本。

毕，身手敏捷，诚非汉人所及。因见体力强，不觉健羡无已。无怪唐代屡为边患，郭马名将，尚不敢言战，而言和也。

每日宿营，牛马拥挤坪中，藏民卸装，更为迅速。驮牛二千余头，不及一小时即卸毕矣。藏民扬声，驮牛四散，满山满谷，到处齕青。迨黄昏前后，藏民呼哨一声，但见山头群牛攒动，皆争先恐后，戢戢归来，勿烦驱策。藏民即就平地之桩，系长绳，排列为若干行。长绳中系无数短绳，拴于牛蹄。牛倚绳，或立或卧，秩然不乱。犹忆一日中夜起溲，弥望白雪，不见一牛，大异之。询之卫兵，始知牛卧雪中，雪罩牛身，望之似无数雪堆，隐

郭、马，是指唐代名将郭子仪和马璘。唐肃宗、代宗之时，"安史之乱"尚未完全平息，西边的吐蕃、回鹘又屡次联兵骚扰陇西诸郡，数次侵犯到长安附近。虽然郭、马多次取得胜利，但终究不胜其扰，终于讲和，互相订立了盟约。事见《唐书·吐蕃传》。

迨（dài）：等到。齕（hé）青：吃青草。戢戢：密集的样子。起溲：起来小便。

偕同人闲步近郊，有民舍十余家散居疏林间，草美而细，风景如画

约坪中。非转侧雪落，不知其为牛也。

　　甘孜，曾科，麦削（宿），岗拖一带，嶂峦横亘，冰雪满山。每从山腹过，山水泻冰，宽恒至十数丈，人马通过；须先凿道敷土，方免倾踣。谷底溪流，亦凝结成冰，牛马数千，踏冰过，冰破碎声闻数里。时已暮秋，天气日加寒冷，大雪纷降，朔风怒号，人马牲畜，灿若银装，余有句云："冰敲马蹄铃声细，雪压枪头剑气寒。"亦纪实也。

　　自麦削以西，河深流急，无舟楫，无津梁，故军队渡河，皆用皮船。船以野藤为干，以牛革为衣，其形椭圆，如半瓜；其行轻捷，似飞燕；凌波一叶，宛转洪涛，浪起如登山丘，浪落如堕深谷。临岸遥观，若将倾覆焉。乃方沉于浪底，涌现于涛头，俨如飓风时际，立黄鹤楼看轻舟冲浪，同一怵目惊心也。幸河幅不宽，波澜甚小，舟子一人，摆双桨，坐后梢，顺水势，乘浪隙，斜行疾驶，瞬息即登。皮船大者，载重四百斤，小者载二百余斤。小船以一革制成，大船则用二革，其结缝处时时以酥油涂之，以防浸漏。军队渡河时，先渡辎重，再渡官兵。船小而少，每渡一河，须延数日。计余一营人，渡河已费三日之久。沿途河流甚多，故行军稽延甚久也。惟藏地牛马皆能泅水，每渡河时，

迨次晨起视，则一人挟一驮，竟能举重若轻

先纵一牛过河，系于彼岸，然后纵马牛入水，不待驱策，皆攒望彼岸之牛而群集焉。

余渡岗拖河时，宿江干数日，见山中贝母鸡数十成群，飞行地上；闻其味极佳，因约同人携枪入山击之，日必获数头。就江干去皮骨，取肉切为小块，拌胡豆酱炒食之，味鲜美，远非家禽所及也。

藏地行军，不苦于行路难，而苦于起床太早。盖自甘孜而后，沿途居民渐少，赵尔丰所定程途，又恒远至百二十里以上，非竟日趱行，即无宿站。无宿站，即无藏官预备燃料，不能炊爨

见山中贝母鸡数十成群，飞行地上，因约同人携枪入山击之

也，故起床不能不早，且行军均自带帐幕，到处架设，出发撤卸。藏地几于无日无雪，一入夜半，雪满帐幕，次晨早起，须先撤帐去雪以火烘之，方能驮载，最苦者，天犹未明，帐幕已撤，雪风削面，鹄立旷野中，以候烘帐幕，上驮牛，约须一小时半之久，手足僵冻，战栗呻吟，其痛苦诚非语言所能形容也。行五十余日，始至昌都。

　　据有经验的人估计，由北道按站前进，顺利的话，十七天就可以到昌都。这一段路程在甘孜要渡雅砻江，在岗拖要渡金沙江，这两处要坐皮船，都可能耽搁三四天。再假设在炉霍、甘孜等地各停留一两天，总共花费的时间不会超过30天。但陈渠珍他们用了五十来天，有可能是因故耽搁，也有可能是记错了。一路上都很顺利，没有碰到藏军，是由于达赖调集的拦阻部队都在南路。

　　江干：江边。趱行：不停地行走。爨：烧火煮饭。

02　腊左探险

昌都，亦名察木多，为打箭炉至拉萨之中心地。有居民六七百户，大小喇嘛寺甚多。汉人居此者亦不少。设有军粮府治理之。我军至此，已困惫不堪矣。是时，赵尔丰驻更庆，侦知厦札遣其堪布某，率藏兵万人，进驻恩达，阻川兵入藏。邀钟颖由甘孜单骑往见。钟不敢往。赵遂令大军暂集中昌都，细侦番情，以待后命。

钟颖既至昌都，号令全军，选将校侦探四名前往侦查。数日无应之者。时尔丰方以援藏军皆学生，不晓军事为言。余甚耻之，因力请行。林修梅亦怂恿之，为咨请于军粮府，给马牌。余乃轻装携

本章叙作者深入藏军前线打探军情并被擒捉事，险象环生，极为惊心动魄。昌都一向是藏东门户，也是藏族文化核心区与其他文化区开始交界的地方。从四川到拉萨，往往必然要走昌都。昌都一带的人，被称为"康巴"，也就是"康区的人"。今天除了西藏东部，青海、甘肃、云南、四川等地的藏区往往也被称为"康区"。康区的藏语有其自己的特点。

堪布，藏传佛教寺院的主持，相当于汉传佛教寺院中的方丈。担任西藏地方政府僧官系统之职者，如达赖、班禅之高级侍从，亦称堪布。

通事张应明前往。应明年五十余，四川人，流寓藏土日久，经营商业，熟悉番情。是日，由昌都出发。稍迟，过西藏桥，行三里许，有群鸦千百遮道飞鸣，应明马惊而坠，余亦下马步行，驱散群鸦，牵马而进。初以藏地多鸦，不虞其有他也。

行三十里至俄洛桥，驻有边军一哨。哨官邓某，川人，武备生未卒业者，招待极殷勤。因时已薄暮，具餐留宿。余亦欲一询前方情况，遂宿其营。饭后，共话川事，甚欢洽。且知藏兵屯恩达，其先头部队抵林多坝，逻骑出没于距此三十里之腊左塘，戒勿冒险前往。余虽感其意，然以任务所在，不能中道而返。

在此地阻挡川军的是色拉寺堪布登珠（陈渠珍没写其名字），他奉达赖的旨意，征调了硕般多、洛隆宗、边坝等地区的民兵上万人，驻守在恩达。从恩达东至昌都之间，依次是：恩达—梭罗坝（陈作林多坝）—甲木桥（陈作并达桥）—纳贡塘（陈作腊左）—纳贡山（陈作腊左山）—浪荡沟（陈作腊左塘）—俄洛桥—西藏桥—昌都。详见后文所附简图。清政府在恩达设的汛官，在浪荡沟设的塘兵，还能与登珠的军队相安无事，部分因为当时赵尔丰已平定了乡城、德格，威名远震，藏军不敢造次。

次晨出发，沿途无居民，亦无人迹。策马行三十里，至腊左塘，即腊左山麓也。是地有塘房一所，设塘兵四人，余抵其地时，塘兵已捆载行李，将回昌都，甚仓皇。见余至，大惊，为言番骑夜夜至此，力请同回。余颇厌之。应明亦言不能再进。余奋然曰："纵不至腊左，亦宜登山一望。"遂决然上山。

山高十余里，纡曲而上，冰雪载途，人马颠蹶者再。牵马步行，亦屡蹶屡憩。将至山巅，遥望白雾漠蒙，疑为烟尘。至山巅，则空中狂飙怒号，卷雪飞腾，寒风砭肌骨，人马气结不能呼吸，遽昏倒。幸余神志尚清，有顷即醒。强起牵马，再扶应明

余抵塘房，塘兵已捆载行李，将回昌都

过西藏桥，行三里许，有群鸦千百遮道飞鸣，应明马惊而坠

起。应明愀然曰:"不听吾言,徒自苦耳。果何所见?"余曰:"子勿尔,既至此,必往腊左一观。"因鼓勇下山。应明不得已,随之行。沿途颠蹶,几为马所伤。行约八九里,始下至平地,已薄暮矣。幸有雪光掩映,尚能辨路。沿小溪行,二三里至腊左,隐约见民舍二十余户,散居两岸,家家闭户,悄无人声。以箠挝门,无应之者。

后至一家楼下,一老人出。问询之,具言:"藏兵离此仅十余里,逻骑夜夜至此,居民皆逃避,余病不能行,是以留。"应明问余如何?余指对岸傍山一室可投宿,遂牵马过溪。止宿其家。登楼，推门入。楼高仅齐人。系马楼下，余择楼上较宽一室下榻焉。燃洋烛，略食烧饼。应明劝勿燃烛。因移烛室隅，取板覆之，推窗望月，月色明朗，照耀冰雪，倍觉清寒，因思稍憩后，即登山眺望，且避番骑之来。倘能登高一览前方形势及番兵所在，亦不负此一行。

正凝思间，忽闻铃声自远来，知番骑已至，急下楼，翻着白羊裘，伏山麓大石后。未几，见番骑数十，从容进至对岸民房，按户以马鞭敲之，操番语问有汉奸否？勿得藏匿。未过溪，即向腊左山去。约一时许，仍回，敲门问如前，随即自去。余以为从此无事，

沿小溪行，二三里至腊左，隐约见民舍二十余户，散居两岸

入室休息。应明继至，蹙眉而言曰："险哉！几不免矣。"余因戏之曰："尚未，尚未。明日将携汝至前方，一观其究竟。"

语未毕，突闻前方铃声来甚急。灭烛推窗外窥，见番骑百余，张两翼，飞驰而来。距对岸约百步，皆下马拔刀，跳跃而前。是时欲遁不能，但闻喊杀声，马嘶声，一时并作，震应山谷。余急趋出，见旁一小室遂避入，暗中摸之，有砖石，似厨非厨，有小穴。钻穴外窥，见番兵持刀拥至，刀长四五尺，映月光雪色，森严可畏。已渐近，急扃门，推石撑之。再外窥，则番兵相距仅十余步矣。因转念，门既内扃，安得无人，是不啻示敌

此处陈渠珍的叙述暗含伏笔，其中颇可揣摩。为什么藏兵去而复来？此中颇有蹊跷。这些藏兵是藏中调来的，对当地土人十分残暴，土人根本不敢隐瞒。陈、张二人的烛光泄露了他们的行踪，所遇老人必以实情告藏兵。搜查藏兵因人少，不敢贸然行动，而是佯装不知，待调来大批部队后则突然合围之。

昌都—腊左—恩达地区简图

以匿迹之所，不若开门以待。门甫开，番兵已至楼下，又念藏身暗室，设番兵持刀斩入，则殆矣。不如出而叱之，或可幸免。遂挺身出，甫出门，番兵已登楼。余厉声叱之，先登者奔向余，猛斫，幸室矮刀长，为檐格，未中，后至者复拥集，刀剑无所施。但觉尾脊受刀伤甚重。一时拳足交加，喊杀活捉之声并作，最后有以刀柄击余右额，眼花迸飞，倒地渐昏。似有人拽余至楼口，向下抛掷，遂一痛而绝。

余昏绝后，即为番兵系马背上以行，颠顿复苏，乘月色行十余里，过并达桥。桥长约十丈，宽丈许，上敷木板，番骑百余蜂

余厉声叱之，先登者奔向余，猛斫，幸室矮刀长，为檐格，未中

拥而过，蹄声杂踏，余始清醒，知为番人所虏，头腰手皆受重伤，但麻木，尚不甚痛楚耳。此地驻番兵数百，见番众拥予至，皆拍掌呼跃。再沿河进，两面皆有番兵警戒，其法左敲锣，右击鼓，左敲右应，络绎不绝，如刁斗然。

行十余里，至林多坝，时已夜半。番兵牵余上一楼。楼上男女数人，方燃火熬茶，即系余柱上，余倚柱而坐，渐觉头腰痛不可支。应明继牵入，已无人色矣。移时，有似番头目者至，持马箠就余诘问。余对以衔赵大臣命，来此。番目不信，横加箠楚，几又昏绝。

箠：鞭子。

又有顷，复来一人，装束如番官状，盘诘甚详。色稍霁。余仍告以衔命来此。问以文书，余曰："文书置鞍囊中。"番官下楼甚久，复回曰："鞍囊无文书，得勿诳耶？"余素稔藏人畏尔丰若天人，乃正色曰："行李文书，尔等尽劫去也。既疑无文书，盍往昌都赵大臣行辕一询！"番官曰："赵大臣已至昌都乎？"予诳曰："赵大臣率边兵八营，先我一日已至昌都，尔等犹未知耶？"番官沉思良久，复问："赵大臣遣尔来此何意？"予曰："见尔堪布自知，尔勿多问。"番官复详视予伤痕，与一头目细语甚久。又问予现居何秩？予伪以三品对，番官乃偕头目下楼。

未几，有番兵二人来，释予缚。绳甫释，两手痛彻心脾，昏倒不能起。番兵负予下楼，至一室，较清洁，似为番官住所。番兵进酥茶，予方渴，饮之其甘如饴，神思渐清，倚墙盹睡。忽闻鸡鸣犬吠雀噪声，始惊醒，仰视窗外，天已黎明。又移时，闻室外人马声嘈杂，番官后至，为予言："堪布有令，约君至恩达一会，请即行。"予闻之，矍然而起。番兵扶予上马，行甚缓。觉腰际创裂，血流不止，痛苦不堪。途中每过溪沟，或登临山坡，前后簸动，痛尤甚。时晨风凛冽，彻骨生寒，触目荒野，倍觉凄怆。偶一思及妻侄浮寓成都，千里家山，何以得归，不禁悲从中

番兵进酥茶，予方渴，饮之其甘如饴，神思渐清，倚墙盹睡

来。然转念男儿报国，死则死耳，何以妻儿萦念为。又不觉神清而气旺。

行二十余里，至恩达，已午前十时矣；即有恩达汛官叶孟林氏，黼黻出迎，执礼甚恭，导予至堪布大营。堪布亦迎至营外，极谦㧑。入坐，献茶点。力白未得赵大臣通告，致生误会，逊谢不已。予亦婉辞答之。因言："赵大臣以藏人二百余年恭顺朝廷，前者英兵寇藏，大喇嘛既请兵于先。今英兵甫退，边觉夺吉又复阻兵于后，试问藏兵几何？器械若何？欲与川军边兵较胜负，庸有幸乎？赵大臣恐大军逼近，玉石俱焚，特遣某前来晓

黼黻（fǔ fú）：绣有华美花纹的礼服，这里是说盛装出迎。

谦㧑（huī）：诚挚和谦逊的。

谕，限即日撤兵退回，当为奏请朝廷恢复大喇嘛封号。今新军已由北路出拉里，川边军集中昌都，所以不即前进，亦悯藏民无知，不忍遽以兵临之也。"复详言在腊左经过甚详。

堪布惶恐谢过，具面食果饼，极殷勤。为言："我本僧官，藏王督责甚严，不得已统兵出藏。今驻恩达不进，亦待赵大臣之至，敢有异动耶？"又具文呈赵尔丰，请予即日返昌都覆命，允以三日为期，撤退藏兵。予以创痛马羸，不能即行。堪布力请不已，始允之。又为施符咒药饵，并选良马及藏佛、藏香、捻珠、奶饼为赠，又派兵四人送予至腊左塘，于是收拾起身，已午后一

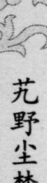

时矣。堪布等直送至山下始返。

归途冰雪满山，寒风载道，创痛渐止，符咒之力欤？抑药饵之力欤？予归心似箭，痛苦顿忘。经腊左时，仍门户紧闭，寂无人踪。上腊左山，山高而峻，冰结路滑，番兵牵马扶予，顷刻而上，不似前日下山之苦矣。下山，至腊左塘，塘房已空无一人。从此道路平夷，且极安全，即将护送番兵遣归。予偕应明，略食奶饼，纵马疾驰，更觉毫无痛苦。至俄洛桥，日色将瞑。前驻川军亦开回昌都。应明极欲就此止宿，明晨再行。予不听，鼓勇前进，天已入夜，冰风拂面，冷冽益甚。幸月色清朗，照耀如白

予偕应明，略食奶饼，纵马疾驰

昼，夜行尚不觉其苦。抵昌都，已晚十二时矣。沿途哨兵见予生还，咸欣欣然有喜色。

予至营部，同辈多已就寝，惟修梅犹倚案研墨，予笑曰："诸葛先生归来矣。"盖予素与朋辈戏语，辄以此自命也。一护兵见予归，急入报。修梅惊讶出视。相见之余，悲喜交集。一时同辈皆披衣起身，询经过。夫役具饼食，予且食且谈，直至四更后始就寝。

予自被虏后，相传已被杀身死，碎尸投山林中。余初归，与同辈坐谈，时时觉坐垫后蠕蠕有物，初不之异也。谈毕归寝，见

一时同辈皆披衣起身，询经过。夫役具饼食，予且食且谈

坐垫后满堆衣物，亦不之异也。次日，从兵李元超密告曰："自公凶耗传来，佥谓公必死。公之行李，某某等竟破箱瓜分，几尽。及公生还，咸不自安，始暗中退出，置坐垫后，是宜有以惩之。"予则付之一笑而已。

予外创经七八日后渐愈，惟内伤甚重，肚肠时复作痛。友人送雷击散一瓶服之，大泻两次，下血块甚多，寻亦痊愈。惟雷击散原系暑药，并无治内伤之力，不知当时服之，何以奏效如此，殊不可解也。

陈渠珍能够侥幸生还，是因为当时时局刚刚开始发生变化，统兵的堪布还只是奉命阻拦川军而不敢公然背叛清廷，双方心理颇为微妙，因此藏人对他是杀是放，都在两可之间。同去的张应明会藏语，故受害稍轻，而陈渠珍既不会藏语，又态度傲慢，所以被痛打多次。

佥（qiān）：都，皆。

03　昌都至江达

赵尔丰知藏兵已抵恩达，乃亲率边军五营由更庆至昌都。我军齐集四川桥东岸迎迓。边军虽为旧式军队，然随尔丰转战入边极久，勇敢善战，其军官兵体力甚强，日行百二十里以为常。是日，予随队出迎，候甚久，始见大队由对河高山疾驰而下。有指最后一乘马者，衣得胜褂，系紫战裙即是赵尔丰。既过桥，全军敬礼，尔丰飞驰而过，略不瞻顾。谛视之，状貌与曩在成都时迥殊。盖尔丰署川督时，须发间白，视之仅五十许人也，今则霜雪盈头，须发皆白矣。官兵守候久，朔风凛冽，犹战栗不可支，尔丰年已七旬，戎装坐马上，寒风吹衣，肌肉毕见，略无缩瑟之

本章叙作者升任管带，由昌都—恩达—类乌齐—三十九族—拉里—江达—牙披路线深入藏区，并与藏兵交战事。

赵尔丰（1845-1911），1908年起任驻藏大臣，1911年武昌起义后被杀。其人于1911年四川总督任上，镇压保路运动，屠杀请愿民众，被称为"赵屠户"。他的行事风格恩威并重，得到了部下的推崇，其被杀时，有婢女为救他而死，随后其生前卫士又去刺杀革命军头目为他复仇，略可见他平时为人一斑。其兄赵尔巽亦为封疆大吏，后出任清史馆馆长，主修《清史稿》。

状。潞国精神，恐无此矍铄也。

是日钟颖率标统、管带至钦帅行辕参谒，夜分始归。有护目张子青，随修梅往，先驰归告予曰："钦帅以公贪功失机，罪当斩！奈何？"予问："管带如何对答？"子青曰："管带默然不语。"予颇异之。

及修梅归，询之又。但言钦帅明晨传见，而不及其他。于是予始知修梅之用心矣。因念奉命而往，不顾万死，趑趄匪躬，庸何伤？翌晨往见，甫出门，即有尔丰武弁持大帅令传予。予甚讶之，随之往，至则钟颖及军粮府刘绍卿，皆立辕下。武弁导余

钟颖是宣统元年（1909）10月22日抵昌都，赵尔丰6天后也到达昌都。现存赵尔丰致军机处电有云："该军纪律严明，秋毫无扰，……藏民颇极欢迎，于十月二十二日抵察，尔丰亦于二十八日赶到。藏兵在恩达类乌齐一带大小路堵截。"

刘廷灏，字绍卿，贵州举人，时任昌都军粮府台，以有才干著称。辛亥革命后，离开昌都入京。后曾任伪满洲银行总经理。

尔丰年已七旬，戎装坐马上，寒风吹衣，肌肉毕见

入。尔丰盛怒立帐中，责予贪功冒险，损威辱师之罪，将置予于法。钟颖、刘绍卿亟趋入，力为缓颊。尔丰怒犹未息。予至是，亦不能为修梅讳，乃慷慨陈言曰："某罪自知。但衔命而往，身虽被虏，番人犹能以礼送归，且宣示德威，番兵望风撤退。功罪自不敢言，惟钦帅深察之。"钟颖又力为解释，尔丰意始动。因详诘奉命始末。又问林管带果知尔去否。予具以实对，并言军粮府尚有管带咨文可凭，尔丰一一按问实，又索咨文验讫，乃反诘修梅，修梅不能对。尔丰大怒，立褫其衣刀，就案上手书硃谕，撤修梅职，以予代之。予亦不敢言，叩谢出。

尔丰大怒，立褫其衣刀，就案上手书硃谕，撤修梅职

昔人谓"塞翁失马，安知非福"。如予以事之转祸为福，诚奇矣。不谓暗幕中操纵牵引，大有人在，事更有奇于此者。有皖人张鸿升，性诈险，初隶尔丰，任边军管带，后因事被黜回川，投钟颖。钟颖入藏，委以工程营管带，亦虚名而无实兵者。鸿升日思得为步标管带，而苦无机会。会予腊左被虏，凶耗传至昌都。有尔丰随员某，与鸿升善，为言钦帅以陈探修梅，问陈某事如何？修梅无一语，但嗟叹而已。鸿升怂之曰："钦帅性如烈火，倘有所询，宜伪为不知。钦帅幕中，吾有密友，当为君先容，可勿虑。"修梅信之。及尔丰至，怒予损威辱师，修梅

这是陈渠珍第二次遭遇"死亡可能"，结局与第一次面对藏人一样，仍旧是于他有利。此前，赵尔丰给其哥哥、四川总督赵尔巽发电报说："顷接察禀，藏番将陈渠珍放回，可耻可恨！请速电饬正法。川军弟不便擅专。钟守毫无营规，非此不足以肃军纪也。"看得出来，赵尔丰当时很冲动，想杀了陈渠珍以肃军纪。而且有意思的是，这封电报斥责钟颖军"毫无营规"，与此前发给军机处的电报里说的"纪律严明"相矛盾，或许这封给亲兄弟的电报才是赵尔丰的真实看法，而给军机处的电报则是为了给皇亲国戚装点颜面。

昌都至江达

嘿不语。尔丰怒甚。鸿升复见尔丰亲信文案傅华封，为予力辩其诬，而痛诋修梅。意在取修梅而代之，非爱予而憎修梅也。华封为鸿升旧友，遂在尔丰前力诋修梅。至是，尔丰颇滋疑，故传见时，而赦予贪功冒险罪，即欲一穷其实耳。不料按问抵实，修梅褫职，鸿升未及经营，而一纸硃谕，捷如迅雷，鸿升固自垂头丧气，予则死里逃生，转祸为福。险人用心，可笑亦可怜矣。

翌晨至钦帅行辕，循例谢委，并呈递堪布文书。候甚久，尔丰始出见。诫予曰："汝冒险深入，尚饶胆气，故畀汝要职。今后益当努力，否则吾又杀汝也。"言次，目炯炯，使人望而生畏。

此处记叙军队内部人事倾轧，颇有趣味。张鸿升，安徽人。早年随提督马维琪到川边任管带，在泰宁、巴安、乡城三次战役中比较得力。但由于"不学、粗卤"，不太受赵尔丰喜欢，始终不以统领任用。他和钟颖比较要好，钟颖赴藏路上，请求赵尔丰，给张鸿升一个管带职位，赵同意了。他的弟弟张惠如也在军中担任队官，一起随从钟颖入藏。入藏失败后，曾到张勋部下担任营长。钟颖被抓后，张鸿升命其弟张惠如带领六个人赴京申辩。走到天津时，被罗长裿的同伙杀害，七人皆死（张鸿升认为这事是陈

赵尔丰以予明晰前方情势，嘱拟进兵计划以进。予商承钟颖，拟定川军先驱，逐恩达之敌，仍取道类乌齐、三十九族，出拉里。边军，则由恩达大道直趋拉里。此第一步计划也。其第二步计划，则候川边两军会师拉里后，视番情再定。并绘图贴说，规划甚详。尔丰韪之。定后日出动。

钟颖令予率部先行，大军继之。计划既定，全军准备一日，予于次日黎明出发。是日宿腊左，居民逃避一空，知尚避匿附近山中，乃令士兵分途搜捕，得番人多名，询之，林多坝仍有番兵，并有一部扼守并达桥，因思："番兵无抵抗之力，堪布亦

渠珍指使人干的）。张鸿升听说弟弟死了，自己跑到北京为钟颖辩护，到北京的时候，钟颖已经死了。于是他干脆弃职为僧。

非统兵之人，今屯军未撤，或钦帅尚未答复，犹存观望耶？抑留此兵力，掩护其大部之退却耶？但距在咫尺，仍当戒备以进。"又按林多坝地势开阔，进攻尚易。惟并达桥岸高河宽，番人扼险而守，则进攻殊难。犹忆前由恩达归时，曾注意观察，桥之上游四五里处，河水结冰，可以徒涉。我军进攻，宜佯攻正面，主力渡河攻下，方易奏效。

是夜，月明如昼，四鼓出发。佯攻之一队，接近桥边，遥见桥上番兵甚忙乱。余亲率三队，从上游踏冰偷渡。进至番兵右侧，天始黎明，鸣枪突进，番兵遂狼狈败走。我军乘胜追逐，沿

河北河间的刘燮丞（赞廷），当时担任边军顾占文营督队官，参加过恩达、边坝等战役，入藏数次，先于陈渠珍驻防工布。对陈渠珍这次战役和进军情形，知道得比较详细。后来，他回到北京，服务于清史馆及蒙藏委员会。"检钞赵尔丰时之档卷，积成巨帙，加以诠注"，也曾"自记边事短文多种"。任乃强校注这本书时，刘燮丞恰好在西康，两人"常相过从，娓娓谈边事"，给任乃强的注释提供了许多帮助。"据云，陈氏所著皆实。"但任乃强认为："然校所谈述及笔记，则与此书微有出入，此记恩达之役，盖陈氏自记所遭，非全局鸟瞰也。"

途皆不敢回抗。追至林多坝附近，番兵悉出迎战，我军仍分两翼猛攻。战约二小时，我左翼军已占领林多坝后山，前后夹击，番兵又纷纷崩溃，予因此去为番兵大本营所在，地势甚复杂，沿途必有激战，乃集合部队，分段搜索前进。殊将抵恩达，即有恩达汛官叶孟林氏，由山径奔来云："番兵均向南退走，约二小时矣。"遂进恩达，警戒宿营，以待后命。此役毙番兵四十余人，我军仅伤排长二人，阵亡士兵九人，伤十七人。

翌日捷书至昌都。予奉令，俟大军明日到恩达，即照原定计划，改道向类乌齐、三十九族前进。

昌都至江达

是夜，月明如昼，四鼓出发，遥见桥上番兵甚忙乱自恩达北进，已冬月中旬矣，气候愈寒，冰雪愈大，益以山势陡峻，跋涉甚苦。类乌齐居万山之中。山皆导源于铜鼓喇山，自西北蜿蜒而南，山脉横亘，支干纷披。我军前进后，无日不披雪蹴山，行冰天雪窟中也。士兵被服单薄，每至夜分，冷极而醒，辗转呻吟，不能成寐，恒中夜起坐，围炉烘火，以待天明。尝一日五更时，乘月色出发，登一山，山高而峻，仰视不见岭顶。乌拉前驱，部队后继，甫登半山，忽群牛斗于山上，狂奔怒吼，往来冲撞，行李纷纷坠落，士兵趋避不及，伤十余人。时予犹在山下，急入民舍避之，幸无恙。

每至夜分，冷极而醒，恒中夜起坐，围炉烘火

自打箭炉出发时，规定每班预备病兵乘马一匹。入类乌齐后，天寒地冻，乘马稍久，则两足僵冻，痛不可忍，故乘马者，初出发须步行数里，乃乘马；乘一小时，又须下马步行。惟狡黠士兵，恒饰为病重，不能行走，冀获马乘。一上马，虽奇冷亦不肯下，防其他病兵争去也。则自朝至暮乘骑，两足冷极而肿，愈不能下马矣。如是三数日后，足肿溃烂不能行矣。病亦弄假成真矣。途次无医药，又不能休息，因此身死者，比比皆是。亦可悯矣。

沿途乌拉，时有延误，行二十余日，始达三十九族境内。士兵已发长寸许矣，乎思茸茸矣，辫蓬松如氮丛矣。帕巾长袄，步

类乌齐，藏语意为"大山"，即今西藏自治区类乌齐县。

铜鼓喇山，即唐古拉山。

履踬跚，已无复人形矣。营部书记官范玉昆，年五十余矣，美须髯，尝购一狐皮围颈。一日行甚早，大雪弥漫，冰风削骨，玉昆坐马上，埋头缩颈而行。中途，番官设有尖站，燃牛粪熬茶为待。予等下马休息，玉昆亦去狐下马，殊呼吸久，二毛已冰结不可解，呼痛不已。见者皆为绝倒。

三十九族，纵横千余里，人口数十万，相传为年羹尧征西藏时遗留三十九人之苗裔。但以时间计之，人口生殖，决不如是之繁。意者，唐时吐蕃极盛，文成、金城两公主，先后下嫁，其汉人遗下之种族欤？彼族与藏番，积不相能。惟对汉人则极为亲

三十九族，藏人在民族上称此地人为"霍尔"。藏人称异族为"霍尔"相当于汉人称异族为"胡"。这里的"霍尔"应指蒙古族人，霍尔三十九族是蒙古族的三十九个部落，于宋末元初时自青海迁居于此。此地盛产冬虫夏草，也是西藏最古老的原始宗教"苯教"的核心传播区之一。此地在今天属于西藏丁青县、巴青县、索县一带。陈渠珍文中推测此地人为年羹尧或文成、金城两公主之苗裔，皆为传说，不足为信，可视为"小说家言"。

年羹尧（1679年—1725年），清康熙、雍正朝封疆大吏，曾远征西藏、青海。

善，故尔丰为钟部选定此路，免乌拉缺乏也。

三十九族在昌都西北，气候高寒，较类乌齐尤甚。重峦叠嶂，峻极于天，弥望白雪，灿如银堆，平地亦雪深尺许。尝询一喇嘛，此地何时降雪？喇嘛曰："此间七八月高山凝雪，九、十月半山铺雪，冬腊月平地雪深尺许矣。按时而至，不待降落。至山巅之雪，皆亘古不化者。"雪山且多出产。如动物则有雪蛆、雪猪，植物则有雪蒿，矿物则有雪晶，皆稀有之珍品也。

由恩达北行月余，始抵拉里，已腊月二十八日矣，拉里为川藏驿道，旧设有汛官，隶川边，后又设有军粮府。因而居住汉人

雪蛆，此处指虫草，虫草是名贵药材，"冬天为虫，夏天为草"，既有动物性又有植物性，让人们备感神秘。峨嵋所产的雪蚕亦被称为雪蛆。

雪猪，应指旱獭，又叫土拨鼠，在青藏高原比较常见，当地人至今仍旧这么称呼它。

雪蒿，西藏有一种比较有名的药材叫雪山一支蒿，有大毒性，但拿它来泡酒外搽能治跌打损伤，毒蛇咬伤。

雪晶，可能是方解石或者水晶，是石头中的美貌品。

拉里，即今西藏自治区嘉黎县。

甚多，异地相逢，备觉亲昵。晤军粮府邓君，谈甚欢。邓君设酒馔为余洗尘，备极丰盛，皆近五十余日中得未曾有者。细问番情，知其大队已过五日矣。惟统兵堪布尚未至。有云其已由南路绕道回藏矣。未知确否。席散辞归，奉钟颖令，速开江达待命。余因准备乌拉，须迟一日方能出发。

　　是日夜半接协部通知：番兵退至江达后，其先头一部约二千余人，在距拉萨七十里之乌斯江固守。又一部约三千人，已退入工布。其统兵堪布，尚在后。令余至江达后，严行戒备云云。余因情势紧张，复催军粮府，务于明日午前将乌拉传齐，以便后日

　　汛官是清代对千总以下绿营带兵武官的通称。其驻地称"汛地"，近似于现在的防区。武官到任则不得擅自离开，否则将被问以"私离汛地"之罪。这个说法在评书里经常出现。绿营是清朝常备兵之一，由汉兵组成，全国绿营兵总数在咸丰以前大约六十万左右，较之八旗兵多三四倍。其营制分标、协、营、汛四种，总督、巡抚、提督、总兵所属称标，副将所属称协，参将、游击、都司、守备所属称营，千总、把总、外委所属称汛。标、协管辖一至五营不等，营以下分若干汛，每营人数少则二三百人，多则六七百人。

起行。

除夕将近，预购酒肉，遍赏士兵，又备酒食，约各官长早餐。餐毕，清查乌拉犹未至，余甚焦急，亲往军粮府催之。至，则见大厅内数十番人，箕踞坐地上，邓君偕番官立其前。余知其有事，略一周旋，亦立厅上观之。但见番官手持番佛，向众喃喃语甚久，即以番佛一一置众头上。每至一人，则一问一答。一书记秉笔记之，良久始毕。众散去。邓君乃邀余入座，笑谓余曰："顷间之事，君知乎？"余问故，邓君曰："顷即为乌拉事，因各番目以大军通过，供应太多，牛又疲甚，咸诿不肯缴。乃商之

但见番官手持番佛，向众喃喃语甚久，即以番佛一一置众头上

番官，集各头目而诘之，仍狡辩。番人极信佛，遂令其顶佛盟誓，则不敢匿报矣。今幸誓毕，总其数，犹较原派多二百余匹。亦神道设教意耳。"余甚佩邓君操术之神，且知番人信佛，视西人之奉耶教尤有过之无不及也。

余自军粮府归，时已不早，即偕营部职员共饮度岁，仿内地吃年饭例也。食甫毕，闻后方枪声甚急。正询问间，复队一传令兵来报："番兵进袭，于队官已率队前往矣。"余方集合部队。又据报："番兵已退，于队官受伤阵亡矣。"余甚讶之。后又捕一番兵至，余细询之，始知即恩达统兵堪布也。堪布自恩达脱逃后，

清朝雍正、乾隆时代，多次对康藏地区用兵，遂于打箭炉、理塘、巴塘、昌都、拉里、拉萨等处设立粮台，办理军粮运输。后又在各地常设流官，照料公差，称为"军粮府"。据任乃强先生考订，"其时拉里军粮府为陕人孙蔚如，非邓君。陈盖忘之，误作邓君也。"

于队官名叫于鸿藻，原是四川资阳的秀才。此处恩达统兵堪布即第二章释放陈渠珍之登珠，他回拉萨途经拉里，不知川军驻此，数十个人，纵驰直入。于鸿藻等误以为是敌骑来袭，仓卒备战，以致被己方误杀。

即弃军逃走，至是始出，欲绕道回藏。昨闻余驻此，急欲来见，殊哨兵误会开枪。余以堪布为统兵要人，不宜纵之去，急遣人召至。又得知于队官闻警率队出，遥见番人，即散开，乱枪齐发，于犹驱马指挥，马闻枪惊逸，直冲出散兵线；为士兵乱枪误毙，殊可怜也。于学生出身，未经实战，一闻警报，即张惶失措，勿怪尔丰之轻视学生也。移时，堪布至，余殷勤招待之。并密报至藏。又至后队料理于队官装殓事，至晚方毕，余亦疲极就寝矣。

次日黎明前即起，赁屋安厝于队官灵榇，复率队致祭毕。即约堪布一同出发，行两日，至凝多塘，为元旦日，荒村野户，无

于队官闻警率队出，马闻枪惊逸，直冲出散兵线，为士兵乱枪误毙

可借宿。支帐露营而已。万里蛮荒，复逢佳节，回首家山，百感丛生。勉市酒肉约众共饮，亦借酒浇愁耳。翌日诘早出发，午后三时抵江达。有汛官吴保林率塘兵及番官、喇嘛等百余人出迎。

江达为西藏巨镇，人户寺庙，约四五百户，百物咸备，素极繁盛。自藏番出兵，往来蹂躏，市街如洗，极目荒凉。次日，边军亦有三营人开至。余在此一驻兼旬，日与吴保林往还。保林成都人，入藏已二十余年矣。家有八十余岁老母，犹健在，日思归川，苦无机会，乞余便中为谋一差，冀可生入玉门。时届新年，尝延余至其家，具面食，皆其妻子手自为之。妻年五十余，居藏

西藏现有一个江达县，还有一个工布江达县。前者属昌都地区，后者属林芝地区。陈渠珍所到的"江达"，应是工布江达县一带。这个县连接着拉萨到林芝、波密的道路，属于西藏的东南部。过去，藏人把林芝一带统称为工布地区或者波密地区。此地相对拉萨和日喀则地区来说，是一个文化差异区，森林茂密，上面是纯白的雪峰，底下是安静或湍急的清流。

从边坝所管辖的甲贡塘算起，经过八个站才到江达所管辖的凝多塘。一路上，多荒山少村落，称为"穷八站"。从凝多塘到拉萨，地势平坦，气候温和，庄房繁密，时人称为"富八站"。

久，凡面食、蒸馍、薄饼之属，颇优为之。且均咄嗟立办，至可感也。

余抵江达第八日，奉钦帅钉封密谕，迅将堪布暗中处决。遂于是日夜半执行之。盖堪布乃藏中二品僧官，达赖甚倚重之。时达赖已出亡大吉岭，依英人。纵之恐为后患。又不能公然处决，恐达赖有所借口也。

我军抵昌都时，达赖已回拉萨，初犹增兵抗拒，且向英人请援。事犹未谐，而我军已出拉里。达赖急邀帮办大臣温宗尧会议，宗尧竭力安慰之。达赖终怀疑，潜逃印度，钟颖率大部至江

奉钦帅钉封密谕，迅将堪布暗中处决

达，其乌斯江之兵亦撤退。工布情形不明。相传藏王边觉夺吉，尚拥众千余人，负隅于窝冗噶伽，意图反拒。乃令余率部入工布相机进击。

余驻江达时，已侦知厦札噶伦，已至后藏。工布已无番兵，及奉令入工布，仍戒备前进。是日天气晴朗，沿途风景宜人。午后一时抵牙披。上一小山，即宿其营官家，层楼广厦，金碧争辉。地板且涂酥油，光滑可鉴。明窗净几，陈设精雅，恍若王侯第宅。后临大河，滩浅水平，中为沙洲，野鸭数十成群，游行水滨，景物不殊内地。时牙披营官入藏未归，其管家出而招待，殷

此处"藏王边觉夺吉"即"厦札噶伦"。清军能如此顺利推进，一方面是因为川军、边军与藏军火力悬殊，一方面是因为藏兵不愿抗拒。其时驻藏大臣联豫与达赖交恶已久，帮办大臣温宗尧在中间调停，达赖已经准许川军入驻拉萨。但钟颖军缺乏纪律，在拉萨张狂失度，击毙贵喇嘛于琉璃桥。达赖大惧，当夜出宫南奔，一开始只想在尼泊尔附近暂避，后英国人在中途将之迎至印度。

牙披，一作"阿丕"，距江达九十里，一日即至。

勤备至。见余倚窗眺望，笑谓余曰："河中鱼肥美，可供肴馔。公远行，想久不食此味矣。"即急命仆人入河取鱼。余笑曰："此得勿食水葬者之鱼乎？"管家曰："否否。公所见者，小溪鱼耳。此则河宽水深，源远流急。幸勿为虑。"余虽不嗜此，然颇喜观人取鱼，姑应之。即见番人数辈，负网入河，布网滩头，未几，网起鱼跃，网中映日有光，谓番人取鱼归矣。余观之，顿觉胸襟为之一爽。

余自来塞外，满目荒凉，积雪弥山，坚冰在地，狂风怒吼，惨目伤心。至此，则楼台涌现，景物全非。以风尘之子身，入庄

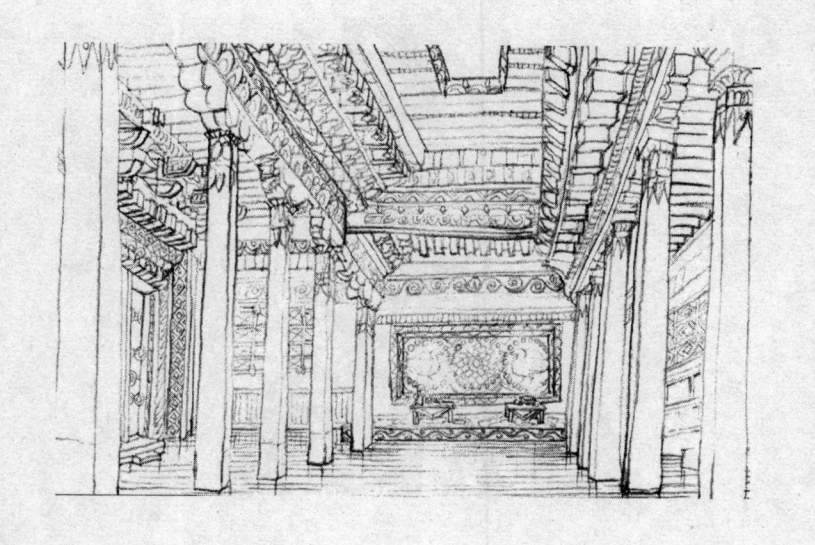

上一小山，即宿其营官家，层楼广厦，金碧争辉

严之画栋，虽曰爽心适意，翻觉顾影怀惭矣。主人曲尽殷勤，所具山珍海品，皆购自拉萨来者。其面食尤佳，皆以番女为之，艺绝精。凭尺许方板，顷刻而成，非如内地制面，几案横陈，刀棍罗列也。

此主人之妇，杨柳为腰，芙蓉如面，蛾眉淡扫，一顾倾城。汉代明妃，恐无此美丽。其夫为赘婿，现任牙披营官。数日后始由藏回，衣冠楚楚，皆唐时装束，谈吐极雅，已脱尽番人习气。藏俗恒以长女承祧、操家政，召赘其家。长男则出赘他人为婿焉。

此主人之妇，蛾眉淡扫，一顾倾城

04 收复工布

余开驻牙披时，沿途僧俗，遮道欢迎，进哈达、酒食。番人呼酒曰"呛"，以长筒盛之，中系皮带，背负而行。番人行"呛"时，先倾掌上自饮，后而敬客，以示无毒也。

余驻牙披后，即以"厦札远遁，番人无反抗意，请示招抚，以安人心"呈报入藏。旋报"可"。余乃从事安抚，逐渐向曲巴、增巴、脚木宗推进。每至一处，则召集僧俗，以晓汉藏一家，达赖受英人嗾使，出兵反抗。今达赖远遁，朝廷轸念藏民，不咎既往，各宜安业勿惊。又不时巡视附近村寨，抚问疾苦。其贫无力存活者，又周恤之。且将旧例供应柴草夫役，皆分别给钱。更申

本章叙作者驻军工布，抄查藏王家产、询问野番、结识西原等事。

"呛"是藏语青稞酒的音译。青稞酒是青藏人民最喜欢喝的酒，几乎家家都会酿造。酿造法是把青稞加水煮到八成熟时，凉上20-30分钟，然后趁温热拌上酒曲，装在锅里，用棉被之类的保暖物包起来，发酵两三天即可，按出酒的先后顺序，分为头道、二道、三道，头道较烈，二道较中性，三道就成"水酒"了。

明纪律，严禁官兵擅入民房及喇嘛寺。于是番人大悦。远近向化，相率输诚。钦帅亦嘉余深识治体，抚驭有方。历时两月，工布全部遂完全肃清矣。

工布在江达之西南，纵横八百余里。东接波密，西南接野番。其极西之窝冗噶伽，则为藏王边觉夺吉之衣胞地。民情朴厚，气候温和，物产亦尚丰富。历年在达赖压迫之下，痛苦不堪，此次出兵，亦迫于达赖威力。自余部开入，人民翕翕向化，咸庆来苏矣。

脚木宗，居工布之中心，田野肥沃，气候温煦。山上有大喇

此处工布即指今西藏东南部林芝地区南部一带。以作者文意推测，脚木宗为村落名，应在牙披附近；窝冗噶伽在工布最西部，距离脚木宗有四日路程。

呼图克图：清朝授予蒙、藏地区喇嘛教上层大活佛的封号。"呼图克"为蒙语音译，其意为"寿"，"图"为"有"，合为"有寿之人"，即长生不老之意。凡册封"呼图克图"者，其名册皆载于理藩院档案中，到清朝末年，在理藩院注册的呼图克图共达243人。

嘛寺一所，极壮阔，喇嘛三四百人。其呼图克图，亦一年高德劭之喇嘛，和蔼可亲，与余往还甚密。尝就其考问西藏风土，亦言之娓娓可听。一日，设宴邀余游柳林。果饼酒肴，罗列满桌。中一火锅，以鱼翅、海参、鱿鱼、瑶柱、金钩、口蘑、粉条之属，杂拌肉圆鸡汤，又以腌酸青菜及酸汤调和之，味鲜美绝伦，内地所未尝有也。不知喇嘛何以办此。余自西藏回，已二十五年矣，亦尝仿此为之，食者莫不称善。可见口之于味，有同嗜焉。

余一日设宴请呼图克图游柳林，约全营官佐作陪。支帐幕四，每帐设一席，呼图克图欣然至。酒酣，众饮甚欢，猜拳，狂

番人行"呛"时，先倾掌上自饮，后而敬客，以示无毒也

呼不已。其随从喇嘛闻喧呼声甚惊，窃往观之，则见奋拳狂呼，如斗殴状。亟奔回告其众曰："呼图克图危矣，急往救之。"于是众不及问，随之往。至则猜拳喝呼声方浓。有曾至拉萨，知为猜拳者，为众言之，始一笑而散。余与呼图克图亦皆笑不可抑。

余至脚木宗，驻半月，奉命赴窝冗噶伽，查抄藏王边觉夺吉家产。余遂率部开往，行四日始至。其地崇山陡峻，小溪迥环，居民寥落，极目荒凉。营部设第巴家，房屋虽宽敞，亦极简陋。视脚木宗、牙披，则逊远矣。调查藏王家产，计有庄房三十余处，每庄有牛羊数百或千头。又有仓廒麦稞各数千克不等。乃分途派员清

酒酣，众饮甚欢，猜拳，狂呼不已

理，费时两月，始告完竣。窝冗噶伽有藏王旧宅数栋，仅数人留守而已。余亲往启锁检查，楼上弓矢、盔铠、铜器、磁器甚多，尘封数寸，盖数百年前物也。有磁碗、高椿碟甚多。第巴云："系唐时物。"余虽不能辨，但其莹洁细润，则确非近代物也。

余驻此久，闻厦札出亡之先，曾携《甘珠尔经》一部，藏于此间附近密室中，乃藏中之佛宝也。余询之第巴。第巴曰："诚然。今尚藏匿某处。公传某头目至，责令缴出，勿谓我所告发，则幸甚矣。"后如言追出。则经为一百零八卷，每卷千页，长二尺六寸，宽八寸，皆藏文赤金所书。底面以薄板护之。板面为宽

《甘珠尔》和《丹珠尔》是西藏大藏经特有的分类法。公元十四世纪时，西藏学者仁钦札巴（布顿）参与了西藏大藏经策巴目录的校订工作，他认为，西藏大藏经应当分为教说翻译、论著翻译等两部，分别是甘珠尔、丹珠尔。"甘"意谓教，"丹"意谓论，"珠尔"则谓翻译。

《甘珠尔》又称正藏，为西藏所编有关佛陀所说教法之总集，包括经藏与律藏两大部门。《丹珠尔》则称副藏、杂藏、续部等，内容包含诸论师之教语、注释书、密教仪轨、记传、语言、文字

五寸，长二尺之长方框，中嵌寸许金佛三。框缘缀以珊瑚珠百余颗。框内环以碧洗玛瑙及红蓝宝石嵌成花纹。金佛周身皆极大钻石环绕之，各三十六颗。佛顶圆光中，嵌金光圆润之蚌珠，径约三分许。框面又以五色锦缎交互掩盖之。诚稀世宝物也。

张司书子青，力怂余尽取其珠宝而后呈报。余因是经为藏中极宝贵之物，遐迩皆知。解缴入藏后，藏人必有质之者，一追索则实惠未至，而先蒙攘窃之罪矣，拒不可。余又恐左右窃取，令藏归原处，待日后议处。后余仓促出江达，亦不能绕道窝冗噶伽矣。物各有主，非可取而私之，既损清廉之身，益遭造物之忌也。

等甘珠尔所未曾网罗者；此外，也收录甚多西藏撰述之诸书。

藏文大藏经版本甚多，内容互异，其中以德格藏、新奈塘藏、北京藏等三种最具代表性，尤以德格版为现存最完好之一部。

此地荒远幽僻，几同世外桃源。余到此半月后，事简身闲。辄披阅书籍，以消寂寞。昼长人倦，赖有第巴时相过从。虽方言各殊，然有舌人通译，余亦略解藏语，日久交欢愈密。第巴有女公子，年方十五。豆蔻初开，盈盈玉立，排长谭鸿勋求婚，第巴欣然许之。结婚之日，鼓乐喧阗。番女十余人，皆少艾也，盛服拥新妇步至婿门，群芳争艳，笑语盈室。新妇落落大方，毫无羞涩状。第巴首作种种笑谑，以娱来宾，几忘其身为泰岳也。是日，闹至更残，始尽欢而散。

我军入工布后，携带粮米渐罄，官兵多食糌粑，余亦渐能食之

藏族历史上许多重要人物名字前面，都会加上"第巴"。第巴原本是清初西藏地方政府行政事务最高官员名称的藏语音译。又称"第司"、"第斯"，俗称藏王。自明崇祯十五年（1642年）设置第巴，到清康熙五十九年（1720年）废除第巴制度，西藏共设立7任第巴。第巴制度废除后，设"噶厦"机构和噶伦来代替第巴主管藏政，第巴成了地方官吏的称呼，加职名于前，有司牛羊第巴、司帐第巴等。

矣。余驻窝冗噶伽久，米尽，则以面食代之。旋查抄事竣，奉令移德摩。第巴置酒饯别，菜食亦仿汉人为之，尚可口。席终进米饭，虽色黄而粗粝，得之甚惊异。问其所自，则称购自野番。余习知藏南野番殊犷悍。问："此米何以得来？"第巴曰："自脚木宗至此，一带皆大山。山后行六七日至洛渝，再进，则为生番地矣，多旱稻，产米甚多。熟番素与工布通商，半月前即托商人购之，今始得也。"余初以野番地远，亦不置意。今相距匪遥，不觉大喜，亟欲绕道野番一地觇其情况，广绝域之见闻。第巴曰："此甚易事。公由此行五日，即南向上大山。山下时有野番在此贸易。"余甚喜。

　　陈渠珍召询"野番"处，为白马岗（后文亦做白马杠），属于今天的墨脱县。这里的描述显示，不仅今天的整个藏区分为多个文化单元，即使是在西藏的东南部，里面又有许多文化细分区，这里除了藏族，还有珞巴族、门巴族，有僜人。

　　洛渝，地名，在墨脱附近，为珞巴族主要分布地。珞巴族人口只有2300多人（1990年第四次人口普查），是目前中国人口最少的民族。珞巴，是藏族对他们的称呼，意为南方人。

数日后出发，绕行六日即至。乃野番地也。

次日，召至野番二人，年均三十余，披发跣足，无衣裳，上体着领褂，下体以裙二幅前后遮之，皆用竹编成之也，手持烟筒，如西人吸雪茄烟之管。内盛野大黄叶，见人即箕踞坐地上，无礼貌。状谨朴，不脱山野气。询其至藏何事，对以编制竹器藤器；取所制竹、藤器观之，亦古朴可爱；又询其家中距此几日，答以六日。询其至生番地几日，则以手指指天而口言之，云由其家中至生番地尚须二十余日也。余因其来久，使回休息，嘱晚再来，余尚有所询也。

次日，召至野番二人，手持烟筒，箕踞坐地上

黄昏后，仍召野番至，问其出产如何。则谓其地出产尚多。除旱稻竹藤外，尚产肉桂、麝香、鹿茸、野莲。因舌人操番语不甚熟，遂遣其归。

次日晨起，又觅得熟悉番语者为通译，复召野番至，反复诘问生番情形。始悉其地皆重山，少平原。人尤太古，无政府，无宗教，无文字；构木为巢，上覆树皮，以蔽风雨。截巨竹留节，以为釜甑，一端实稻米为饭，一端实野虫为肴，泥封两端，洒水烘熟。饭熟倾出，以手搏食。编竹藤为衣，以障身，非为御寒也。民野朴，安居乐俗，不通庆吊。遍地皆崇山峻岭，道路鲜

庆吊：庆贺与吊慰之礼。

通。番人来往，则攀藤附葛，超腾上下，捷若猿猴。遇悬崖绝壁，亦结藤梯登，不绕越。亦无市廛。但每年生番、熟番至交界大山上交易一次。熟番以在工布所换之铜、铁、磁、瓦器皿，易其茸、麝、莲、桂。其记帐法，用符号，取巨竹剖开，刺符号于其中，缝刺毕，各执其一，逾年算帐，则取简合之。谈至此日已晌午矣。余亦疲倦，遂赠以茶壶、小刀、磁碗、手珠、糖饼之属，野番欢悦，起谢而退。余初至塞外，以藏番为野蛮民族。至是，觉藏番与野番，又有文野之分矣。

次日，余亦率部开赴德摩。行四日始至。德摩，居工布之极东，居民二百余户。有大喇嘛寺一所，第巴住宅极壮丽，足与牙披营官住宅相颉颃。其地为一大平原，屋宇错落，风景清幽，阡陌相连，物产富饶。第巴人亦谨厚，时相过从。余驻此月余。招抚事毕，僧俗尤爱戴不已，暇时，辄与第巴入山射猎。此地野兽，以獐熊为极贵重，故产麝香、熊胆为多，行销内地之珍品也。

藏地多獐麝。余尝从番人至山中猎，始知取麝之法。獐长二三尺，类鹿而无角，毛灰褐色。当春夏之间，辄侧卧山中，脐张开甚腥臭，虫蚁缘附，则吸收之，又复张开。久之，脐满，遂成麝矣。麝之最贵者为"蛇头香"，麝中之宝也，亦蛇闻腥臭附

麝(shè)，别名香獐子。麝香为雄獐的肚脐和生殖器之间的腺囊的分泌物，干燥后呈颗粒状或块状，有特殊的香气，有苦味。雄獐二岁成年，因求偶腺体自生香质。开始比较稀薄，逐年增长其浓度，到八九岁时若腺体变成蛇头状，为最上品。"香腺露一孔，为使香气放射，诱其雌也。当发情时，此孔胀大，时则香腺常痒，獐喜以就他物磨擦之，故每有土石粒、麦粒、虫蚁等羼入。香质大毒，虫蚁拦入立死。"所以囊中经常可以看到木石、碎片及虫蚁尸体。陈渠珍只是根据传闻而解释成因，有些偏差。

脐上，獐衔其头而去，辗转月余，蛇身腐脱，其头含脐中，久而成麝，重恒一两以上。其他重不过三五钱而已。行猎时，獐行迅捷，犬追不及。然獐行稍远，频频停立回顾，故易获之也。番人得獐，立取其脐而悬之室，历数十日始干。再掘土窑置其中，以生叶裹之，覆以薄土，火烘其上，去其腥汗，而后芬芳可用也。余自出炉关，沿途番人馈赠之麝，不下数十枚。入工布后，馈赠尤多，余又多方收买，总计藏麝二百余枚，重一百一十三两。

一日，第巴偕其舅加瓜彭错来见。彭错现为贡觉营宫，年六十余，岸然伟丈夫也。貌和蔼，泣诉藏王历年虐待情形。谓：

贡觉营宫彭错，年六十余，貌和蔼，岸然伟丈夫也

"今见汉官威仪,始出水火而登衽席。"余亦抚慰至再。彭错复请曰:"此去贡觉不远,草屋数椽,尚堪容膝。老妻颇能治膳。公能枉驾一行乎?"余欣然允之。次日,偕第巴及营部职员同往。行十余里,过一小河,河宽数丈,有舟可渡。舟长二丈许,宽约三尺,剡木为之,不假木工,真似太古时遗物也。平流稳渡,又行二里许,至其家,则一极富丽之巨宅也。彭错夫妇迎至村外,皆六十许人。献家制果饼甚多,极殷勤。

坐移时,彭错笑谓余曰:"儿女辈喜跳歌庄,尚优为之,请往一观。公鞅掌军事,恐不暇及此也。"引余至一大庭。见艳妆

歌庄,现在被译为"锅庄",是藏族的民间舞蹈。在节日或农闲时跳,男女围成圆圈,自右而左,边歌边舞。锅庄舞形式多样,反映劳动生活的叫"羊毛锅庄";反映婚庆的叫"吉庆锅庄";表现生活情趣的有"兔子锅庄"(杂以模拟兔子跳的动作)、"醉酒锅庄"(有摹仿醉汉神态,显示身体灵巧的嬉戏动作)。

女子十余辈，舞袖蹁跹，歌声抑扬，历半小时始毕。彭错复约余至园中比射。置弓箭甚多，皆极粗笨。余家世娴弓矢，自火器兴，遂如广陵散矣，今故剑重逢，睹之欣然，遂偕众比射为乐，亦古人投壶之意也。射毕，彭错又牵良马十余匹至，云："儿女辈能驰怒马，拨地上物。请试观之。"引余至河干。一望，平原数里，细草如毡。地上每三四十步，立球竿一。竿高尺许。乘马女子，皆束丝带，袒右臂，鞭策疾驰，其行如飞，至立竿处，则俯身拔之。以拔竿多少定输赢，中一女子，年约十五六，貌虽中姿，而矫健敏捷，连拔五竿。余皆拔一二竿而已。众皆鼓掌。

行十余里，过一小河，有舟可渡，剜木为之，不假木工

彭错引余回，复观其楼上大经堂，佛像庄严，陈设雅洁。惟佛前一碗不甚圆，又饰以金花，怪而问之，乃人骨天灵盖所制。遂恶其不脱野蛮气，不欲再观。闻藏地各喇嘛寺皆如此，殊不可解。观毕，入室坐。进面食。众咸称番女体力之强，马术之精，余亦盛夸乘马女子连拔五竿，虽丈夫不及也。彭错曰："此即侄女西原。"余称不绝口。第巴笑曰："公如属意，即以奉巾栉如何？"众皆大笑。余亦大笑漫应之。

既而入席，肴馔丰盛，皆其夫人自手调之，味颇适口。余素不能饮，是日，亦饮酒不少。最后进腌酸青菜汤鱼一盆，尤鲜美

中一女子，年约十五六，貌虽中姿，而矫健敏捷

无伦。余久食牛羊腥腻之品，即宣威火腿亦厌苦之，至是，始得果腹。一餐之惠，至今不忘。其夫人见余爱此，乃另赠一盂。宴毕辞归，彭错夫妇皆送至河岸，归营，天已薄暮矣。

工布民风纯朴，经余安抚后，人心大定。汉番感情，日增浃洽。番官喇嘛等，不时过谈，借以考风问俗。佥谓大兵到后，匕鬯不惊，民安生业。惟波密民族强悍，性残忍，时借通商为名，窥探情形，辄乘虚入境，肆行劫掠。凡接近波密之工布及硕板多至拉里一带，常被蹂躏，工布受祸尤深。唐古特屡次用兵，因其地险兵强，终难征服。防御偶疏，又遭荼毒。人民畏之如虎狼，谈者

几乎没有两人见面及命运相系的描写，很符合古人描写这种场面时的"减省术"，画上留下大面积的白，让读者自己用美好的心去通感。四川道孚有一首藏族民歌："暴雨前的乌云，在天空驰来驰去，倾盆的大雨藏在云里；没结婚的姑娘，在人前闪来闪去，爱情的话儿藏在心里。"西藏有首民歌："心怀坦白的人，若能和他同行，即使靴子没底，也可坦然登程。"六世达赖仓央嘉措有情诗："东方的工布巴拉（巴拉，拉萨与工布之间的一座大山），多高也不在话下；牵挂着我的情人，心儿像骏马飞奔。"

变色，余意大军入藏后，达赖厦札，相率逃至大吉岭，昵就英人，可忧方大。应乘此全藏底定之际，仿川康例，改土归流，建设行省治理之，不宜再事羁縻，一误再误。乃条陈改省、练兵、筑路、屯垦、兴学、开矿等六事入陈。久不报。及闻僧侣所谈，益知波番强悍可虑。若长此不治，祸且蔓延腹地。乃一再考察，知其地西界工布，北界硕板多，东至丹达，南与野番接界。其入工布之路，一由冬九入鲁朗，一由白马杠入觉拉沟，皆工布境也。波密地势，万山丛沓，绝少出产，民贫苦而性强悍，其然也。

余一日晨起，将赴喇嘛寺一游。途遇第巴向余笑曰："彭错

又有一首说："俏眼如弯弓一样，情意与利箭相仿，一下就射中了啊，我这火热的心房。"还有一首说："我那心爱的人儿，如果作终身伴侣，就像从大海底下，捞上来的珍宝一样。"

以公极称西原之能，早欲送来给奔走役。西原亦甚欣喜。因略备衣物，今日彭错夫妇亲送其来。公当不以蠢陋见斥也。"余愕然。乃知一言之戏，竟缔孽缘。因途中不便深谈，乃约其同至喇嘛寺。语呼图克图，第巴以西原事告之。呼图克图笑曰："此事大佳，我即为公证婚如何？闻此女矫健，胜似男子，给役军中，当不为公累也。"余知不可拒，笑应之。第巴辞去。

余与呼图克图谈西藏古代神话事甚久。忽第巴仓惶入告曰："波番数百人，昨已窜入觉拉沟矣。"余诘问实，即归营传令，亲率兵两队，疾驰而往。行三十余里始至，则波番竟夜抄掳，天

这里淡淡几笔，把他与西原结合的因缘讲述了一遍。"西原"想来是他自己给取的名字，真正的名字叫什么，大概无从可考了。不过藏族人对于名字本来也较心淡，因此男的叫扎西，女的叫卓玛的，很是随意。人的生命本来就是轻飘的，把名字看得过重，承载上许多含义希望，也确实有些难为了负载这个词义的人。

明已饱载而归矣。时人民逃亡一空，仅一老番来见，云波番已沿河退去。

余以波番去不久，令觅一向导随往追之。老番谈虎变色，辞以不能。余因地形不明，无法进追，遂率队回营，时第巴及彭错夫妇，已送西原至矣。范玉昆、张子青等咸集致贺，彭错夫妇，导西原来见，靓衣明眸，别饶风致。余亦甚爱之，既而来宾益众，子青料理宾客，督治酒筵，忙乱不已。移时延宾入座，畅饮甚欢，子青约第巴拇战。第巴屡败，不能饮，子青强灌之，席未终，即颓然醉矣，于是彭错夫妇亦告辞，扶第巴归。

余昨至觉拉沟，败兴而返。觉招抚事，终无所藉手，因令第巴再传觉拉沟熟习波密情形之人来此，详询之。次日，来一老人，亦语焉不详。余一再嘱其物色一人，携文书赴波密。老人曰："鲁朗第巴与波密冬九营官有旧，可衔命往。"余反复询问甚久，赐其酒食。食已，有醉意。余复问曰："老人如许年龄，又密迩波密，岂彼情形毫无闻耶？"老人始从容言曰："我二十年前，曾一度随达赖至波密，但行未远即折回耳。"余问故。老人曰："达赖往朝活佛，故随之去。"余甚异之曰："西藏止有一达赖活佛，岂有活佛尚朝活佛耶？"老人曰："我初亦疑之。因达

时第巴及彭错夫妇，已送西原至矣

收复工布

赖每十二年必亲往一朝,故信之。"余曰:"活佛究在何处?"老人曰:"彼中活佛,距此一万八千里。何国何地,亦不知其名。但经白马杠入野人地,又行数月始至。其地遍地莲花,气候温煦,树木扶疏,山水明秀,奇花异草,芬芳四溢。活佛高居莲花中。莲花大可容人。白昼花开,人坐其上。夜间花合,人寝其中。地下泥土,捻来即是糌粑。枝头垂露,饮之皆成醇呛。人能诚心前去,无不立地成佛。"老人言之,津津有味。余不觉大笑。诘之曰:"老人亦曾一至其地否?"老人曰:"否否。我至白马杠即折回矣。"余见其所说言殊荒谬,亦不愿再听。遣之归。

次日，至喇嘛寺，以老人言告之呼图克图。呼图克图曰："此波密人故神其说，以售其行劫之术耳。八年前，波密曾造此语，哄动工布，于是入野人山朝拜活佛者相望于道。有广携资财，举家前往者。有抛弃父母妻孥，只身前往者。有扶老携幼，牵牛羊前往者。甫入波密境，即被波番拦劫一空。至达赖朝佛事，亦实有之。每三年，遣呼图克图一往。每十二年达赖亲身一往。尤记五年前，达赖往朝活佛，一行二百余人，由此经过。行至波密，与野番交界大山下，即为野番所阻。盖历年朝佛，道经此山，须赠野人铜铁磁瓦器皿甚多，名曰'买路钱'。例有规

任乃强先生认为这个老人说的应该是缅甸。印度一度被回教徒占领后，佛教衰败，只有锡兰与缅甸能保持佛教。西藏的宗教法物，经典佛像等，多由缅甸输入。常年有人往游缅甸，携入金像之类。东亚没开通铁路、轮船以前，藏缅交通就是取道工布、波密、白马岗一路，这是唐代吐蕃征服阿萨密（亚山）的古道。达赖十二年朝奉一次缅甸的说法，不大可信，可能是达赖派使者去的，老人不知道究竟。但他说的有些却是对的，缅甸气候郁热，产大莲花，其他物产也很丰富，那里饥寒甚少，所以当地人十分羡慕。

定，不增不减。此次赠品，未能如数，互争不已，野人曰：'吾有成案可稽。'乃负一老野人至，置地上，年百余岁矣。头童齿豁，历数历次赠品之数。藏人语塞，悉数补出始通过。"余曰："达赖亦朝活佛，真咄咄怪事。"呼图克图亦唯唯无以自解也。余尝谓中土称灵山为极乐。西方又言五台尽黄金。天下事无独有偶，此则鼎而三矣。

又据说，老人说法是藏传佛教的一个著名传说，应指藏南扎日一带。白马杠（岗）即今之墨脱。藏语白马指莲花，墨脱地形酷似莲花，其地亦产莲花，故谓之莲花圣地。由白马岗至扎日，外转（即大转，藏密朝圣仪轨之一）至少七个月，故曰万八千里。坐莲花者，藏密祖师莲花生也，此说乃密教譬喻耳。相传莲花生化度吐蕃，功成化作虹光进入扎日，扎日遂成为无上清净地，世世为藏人所景仰。凡此人文景观种种，非亲历确然难以置信。类似说法，亦见于洛桑珍珠《雪域求法记》。

05　进击波密

自觉拉沟被劫后，工布人民益惊恐，深虑他日汉兵移动，波番乘势侵入，危害不堪言状。第巴等屡请为策久远。余亦不忍工布被其蹂躏，因详呈波番强暴及边局利害，禀报入藏。旋奉相机剿抚令。余乃决定先抚后剿。拟率兵三队至鲁朗。意在耀兵绝塞，宣扬德威，使波番知所震慑，易于就抚，初无穷兵黩武意也。

德摩至鲁朗，计七十里。经德摩大山。山高十五里。余率队前进，行十余里，即见高峰插天，危崖峻壁，冰雪遍山，道路泞滑，竭蹶而过。经拉佐至鲁朗，再进即波密境矣。遂就鲁朗宿营。传第巴至，详问波密情形，嘱其明日持文告赴冬九。第巴有

本章叙作者及钟颖等带兵沿德摩—鲁朗—冬九—纳衣当噶—八浪登出征波密叛兵，受挫而退守鲁朗，钟颖之职被罗长裿取代。

鲁朗，即今西藏林芝县鲁朗镇，有景点"鲁朗林海"。

难色。余曰："我当遣一传骑同去。勿虑也。"

次日早，遣传骑偕第巴，持文告入冬九，谕其营官冲本，晓以向背祸福，冀其翻然归诚，不烦兵刃也。余亦于是日，率部回德摩。越两日，第巴回。余正嘉其归其速。第巴愁然曰："传骑已被波番杀矣。我等甫行，至觉泥巴，即为波番所执，与之言，不听。示以文告，亦不理。竟杀传骑，释我归，尤叱之曰：'后勿再来，自寻死路。'"余初不料波番横暴至此。乃据实入报。

时钦帅联豫，方筹议西藏改建行省，已专摺出奏。因见尔丰已将川边各部落次第收复，亟思收复波密，以为改省之张本。乃

摺（zhé）：用纸叠起来的册子，此处指奏摺。

决定剿抚方略。令钟颖率步兵一标，炮工各一队，集中工布，筹划进兵，令余整备待命，余乃厉兵秣马以待，既而钟颖偕统带陈庆，率步工各营队至，详考波密形势、道路。决定：第一步由冬九、纳衣当噶、八浪登至汤买，并肃清两翼；第二步进至卡拖、倾多寺，第三步则向其酋长白马青翁所在地进攻。

余率部先行，留西原在家。西原不肯，必欲同行，遂亦听之，第一日宿鲁朗，以第巴为向导。次日四鼓蓐食，疾进至觉泥巴，零落十余户而已。番人尤未及知，留兵一排监视之，仍疾行而进。沿途长林丰草，乱石塞途。过长桥，行里许，即至冬九营

蓐（rù）食：吃饱。

官寨。有人户百余家。寨内仅营官冲本住宅十余所。环以土墙，外掘深壕，左山右河，形势险固。番人尤不知大军突至也。良久，其营官冲本来见，貌恭敬而面目狰狞可畏。余反复晓谕，示以利害。亦唯唯而已。波番身材雄伟，体力强健，又非工布人所及也。

次日钟颖率大军至。乃传檄白马青瀹晓以利害，令于五日内来见。逾期仍无音耗。数日后，侦知波番已调兵拒抗。共议波番反状已露，再不进兵，反为所乘。闻前方八浪登一带，山势高峻，道路险阻。遂决定以余全营，偕工程营管带张鸿升部先进。

大军则进纳衣当噶，俟先头通过八浪登，再行推进，以完成第一步计划。议决，余乃偕张鸿升由冬九出发。

是日宿营纳衣当噶。有人户三十余家。次日宿甲米青波，则旷野荒山。夹道草深五六尺，草尖遍生旱蝗，细如针，闻人声则昂首蠕蠕动，附着人身，即穿衣入，沾肉吸血，倾刻长寸许矣。行者莫不遭其毒螫。予等将宿营地附近，以火焚之，始得安寝。番人言火焚后，遇雨复活。与内地蚂蝗同，而利啄过之。

次日前进，行四十里，登大山。山势巍峨，古树参天。行山腹道，历七八里峻坂，乃复下，下而又上。如是者又行十余里，

夹道草深五六尺，草尖遍生旱蝗，细如针，闻人声则昂首蠕蠕动

忽番兵阻其前，据险开枪。战移时，我以一排兵出其上，乘高侧射，番兵始退。踵追而进，番兵沿途抛弃衣履，似甚狼狈，盖诱我深入也。又行十余里，至八浪登。番兵稍抵抗，仍退走。八浪登乃一山腹隘口，无人烟，乱石嵯峨，洞穴天然如巨室。下临绝涧，深不可测。俯视河流，一带碧涛银浪，响彻山谷。弥望古树森森，皆三四人合抱者，高数十丈，荫翳蔽天。古藤盘绕，藤粗如臂，叶嫩绿色，应手而断，盖千百年前物也。林中有物，虎头、狐尾，胁生肉翅，状似飞虎，番人谓之"绷勃"，盖手翼类也。闻枪响声，飞跃树梢，其声呜呜，以数百计。

余以前进山势愈险恶，候鸿升久未至，乃留兵一班守之。仍率队前进，行七八里，渐纡曲下。遥见山下，密菁乱石，荫蔽道路，左为连山，右傍河流，前方四五里处，高山横亘。山下帐幕云屯，多数番兵撤卸帐幕，甚忙乱，似知大军已至者矣。余即停止部队，派侦探一班前进搜索。半里许即下山，忽左侧密林中，火枪土炮，轰然齐发。左山右溪，羊肠一线，士兵鱼贯而进，伤亡颇多，不能再进。乃以一队沿山行，相约进至密林附近，鸣号音，余鸣号以应，双方夹之。既而沿山一队攻至林内。伏兵果败退。李队官负伤。我正面之兵，冲锋下山。行里许则乱石塞道，

弥望古树森森，皆三四人合抱者，高数十丈，荫翳蔽天，古藤盘绕

番兵修石卡数道，高丈许，横亘去路，无可绕越。正踌躇间，正面番众据险轰击。左侧高山伏兵应之。往来冲荡，皆为石卡所阻，不能进展。

鏖战一时许，双方接近，短兵肉搏。移时，刘队官阵亡。士兵死亡相继。与番兵相距止数武矣，遥见番兵大队绕山至，瞰射益急。战至日暮，鸿升尤未至。忽番兵数人，傍大石绕出余后，为西原所见，急呼余。余回枪击之，毙其一，余皆退走。余见此地两面受敌，不如退下河边，乃挥兵徐徐退下。有石坎，高丈许。西原先余纵身跳下，以手接余。余随之下。而对山枪声忽起,向石坎猛击,弹落如雨。继余而下者,死伤七人。司书苏宝林亦死焉。既而士兵均下至河边,伏乱石中,成方阵待之,天已昏黑,番兵亦不敢再逼矣。清查人数,仅余六十余人。每枪弹药,平均不及十发。余乃多方安慰士兵,戒勿轻动。

夜半,隐约见番兵数十,沿道路回,且行且笑,亦不知其作何语也。移时,月色朦胧。官兵整日作战,饥疲已极,援兵又未至。有伤兵二人,倚余卧岩穴中,呻吟垂毙。西原曰:"张营如能援助,今日早至矣。君竟死守不去,试问天明后,番兵知我虚实,庸有幸乎?"官兵咸是其言。余不得已,乃于四更时,率部

忽番兵数人,傍大石绕出余后

沿溪蛇行而上。至半山，天已微明。渴极，拾山上野菌食之，已惫不能行矣。西原扶余登山，见鸿升警戒哨兵，始入安全境矣。至八浪登，众皆饥疲不堪，鸿升言："昨已天黑，不敢轻进之。"余但颔之，不与较也。清查此役，我军阵亡官兵三十余人，伤二十余人，亦剧战也。

晚间，与鸿升一再筹商，决定明日两路进攻。鸿升沿大道进至石卡附近停止。余率一队沿左侧连山进。俟将山上伏兵驱逐，乘高下射，然后张部攻其前，我部冲其右，番兵必弃险而走。计划定，凌晨，余与鸿升分途出发。余仍携西原同行。披荆斩棘，沿山行十余里，及抵石卡，对山中隔一深涧，不能再进，探望鸿升部，竟无一人至。守候良久仍复杳然。孤军突出，恐被包围，惟有徐徐退回。余回至八浪登，鸿升反支吾其词。知其不能再言进攻矣。乃将番兵阻险情形，报请钟颖增兵协助。遂商鸿升，固守待援。而番兵已逼近八浪登，日夜攻扑。虽经我军击退，然番兵退而复进，相持四日。一夜二更，番兵千余，三路呼啸而至，声震山谷。余亲出督战，至四更，始击退。时月黑风凄，山高夜静，怪鸟悲鸣，河水呜咽，用兵绝塞，凄恻心脾。古人乐府，尤无此苍凉悲壮也。

古从军行
［唐］李颀

白日登山望烽火，黄昏饮马傍交河。

行人刁斗风沙暗，公主琵琶幽怨多。

野营万里无城郭，雨雪纷纷连大漠。

胡雁哀鸣夜夜飞，胡儿眼泪双双落。

闻道玉门犹被遮，应将性命逐轻车。

年年战骨埋荒外，空见蒲桃入汉家。

次日，钟颖遣参军王陵基至。与熟商竟日。陵基力主退兵，云曰："此去山势险阻，我以两营军力，深入敌境，彼竭全波密之力，出而相抗。今粮弹两缺，汲道复梗，断我归路，则天堑难飞，欲归不得。计不如退兵纳衣当噶，有险可守，统领尚驻冬九，亦易联络。再请边军由硕板多进攻，以分其势。我军重整师旅，一鼓而进，胜券可操矣。"众韪之，决计退撤。

是夜，三更时退兵。陵基率一排兵先行，鸿升继进，余断后。途次尚无战事。至甲米青波大休息，抵纳衣当噶，已夜半矣。次日黎明起，侦查地形。前三里许，有石门焉，极险隘。

汲道：取水的通道。

硕板多：民国时又称硕督县，1959年并入洛隆县，即今西藏昌都地区洛隆县。

韪（wěi）：是，对。

左有石墙丈许，连接高山绝壁。右有横墙如城堞然，峻坂百余丈，下临河。河宽急流。对河亦高山绝壁。石门宽六七尺。出石门，即斜坡，纡曲而下。相传藏兵屡与波番鏖战于此，乃古战场也。城堞虽毁，而遗址犹存，余乃就旧址，亲督官兵日夜修筑，两日即成。且于墙外加掘深壕，即以一队驻石门。石门后半里，横溪，久涸。驻兵一队，中筑横墙数段，防对山侧射也。又后里许，鸿升驻焉。余率两队驻寨内。

越三日，番兵大至，屡攻扑，均被击退，死伤甚巨。已停止八日不攻矣。余不时巡视阵地形势，西原均随之往。左面一带高

城堞：城上的矮墙，泛指城墙。亦称"女墙"。刘禹锡诗《石头城》：淮水东边旧时月，夜深还过女墙来。

峻坂：陡峭的山坡。

山皆绝壁，有斜坡数处，可乘险而下。复于横溪左后方，驻兵一队，以备不虞。一日早餐后，余出石门外视查，见傍河一段墙稍低。恐警戒疏忽，番众由此侵入。乃集合官长，指示形势。复令系獒犬数头于墙下。正指划间，忽枪声突起，呼啸大作，西原急牵余退入石门，则番兵已进薄外壕矣。

战移时，番兵伤亡甚巨，始渐退下，然枪声不稍减。时余方踞坐石门左侧岩壁下，令西原回寨制面饼送来。久之枪声寂然。余以为番兵退走矣。忽我军左后方枪声复起。一传令兵急来报告："番兵已由后方高山缒绳下矣。"余急驰回，留黄督队官守

獒犬：指藏獒。其体格高大，性格刚毅，力大勇猛，记忆惊人，野性尚存，是唯一不怕猛兽的犬种，被誉为犬中之王。在青藏高原，藏獒是传说中活佛的坐骑。

进薄：逼近。"薄"有"逼近"之义，如"日薄西山"。

缒（zhuì）绳：由上方以绳索垂至平地，攀缘而下。

石门。黄即就余坐处坐焉。余行不及三十步,忽闻岩石爆裂声。回视,番兵乘高推石下,一石落黄坐处。黄头伤血流,臂断膝脱矣,竟因伤重而死。使余不先离开,亦不免矣,险哉!生死固有数也。

既而余驰至后方,我军与鸿升部枪声已息。且将番众悉数扑灭矣。盖我哨兵,初见缒绳下,隐伏不动,迨将下至平地,即排枪急发。番众约百人,伤亡几尽,俘虏十余人,无一生还者。至是,番兵不进攻者十余日矣。时钟颖驻兵冬九,已具报入藏,请边军协剿。但往返数千里,须一月后边军方能进兵。乃令我军严

余行不及三十步,忽闻岩石爆裂声

守以待。

　　一日傍晚，忽对山上枪声突起，猛向溪内射击。幸为横墙所隔，无损伤。士兵亦不还一枪。未几复发见番兵蛇行而进，经我守兵力战击退。退移时，又突至。于是对山枪声亦起，双方激战至三更后，战事始告终结。自后番兵亦不进攻矣。

　　越日，时见对山隐约有番兵少数向冬九方面去。而遣赴冬九投文之传令兵，回至中途，亦见对山有番兵不少。余料石门天险，屡攻不下，番兵必不肯再攻。但我军屯兵日久，形见势绌，波番定绕出冬九，攻我必救，则纳衣当噶之兵，可不战而退。因冬九为我军大本营所在也。乃与众兵商，石门虽险，终难久守，不如合兵冬九，尤可团结兵力，固守待援。众皆以为然。遂转报钟颖。钟久不决。余等惟有严加戒备而已。

我军自防守纳衣当噶以来，先后二十余战，死亡已达百余人，青磷白骨，触目心伤。日前巡视防线，闻士兵数人，谈夜见鬼火事。询之，异口同声。余尤斥之。忽一夜，初更将残，一卫士入告曰："对岸鬼火又见矣。"余急出视，则见对岸果有火光圆似箕，大亦如之，有无数人影绕火围坐。时西原随后至，余问有所见否。西原指火光处言曰："火光处时有一二人跳跃往来，

"鬼火"实际上是磷火。人体内部，除绝大部分是由碳、氢、氧三种元素组成外，还有磷、硫、铁等。躯体在地下腐烂发生化学反应，磷转化为磷化氢。磷化氢是气体，燃点很低，在常温下与空气接触便会燃烧。磷化氢沿着地下的缝隙冒出来燃烧形成磷火。

"鬼火"多见于夏夜，是因为天气炎热，化学反应速度加快，磷化氢易于形成。"鬼火"会追着人"走动"，是由于磷火很轻，如果有风或人经过时带动空气，磷火也会跟着空气一起飘动，甚至伴随人的步子变慢或加快；当人停下来，空气静止，"鬼火"也就停下来。

君见之否？"余视之，果然。遂下山迹之。行愈近，光愈低，下至河岸，则光渐减，一无所见矣。余生平习闻鬼怪之说，然目所亲见者，只一次而已。释氏言天堂，地狱，随人心境而异。善则超生天堂，恶则堕入地狱，如磁石引铁然。彼浅儒不察，动持无鬼论以非议之。不知子不语怪力乱神，固自有其神怪在焉，特不轻言之耳。夫芸芸众生，质本凡庸，生前既无建立，死后自然消灭，此理之常也。若夫忠臣孝子，烈士贞女，仓猝遇变，誓死轻生，精灵不昧，遂呈异状，此亦理之正也。况为国捐躯，魂羁异域，依同袍而不散，乘月夜以现形，此为余所目睹，而亦理所必

《论语·述而》：子不语怪、力、乱、神。

同袍：指战友之谊，语出《诗经》："岂曰无衣？与子同袍"，怎么能说没有衣服穿呢？我的衣服就是你的！

然。薪尽火传，安可以怪异目之耶。

我军防守既久，波番兵已增至万人。其大部则纷纷由对河山后绕出冬九。沿河右岸，处处设伏，以致递送文报之兵，时被对河伏兵射击，死亡不少。至后传递往来，皆须绕山而行。惟牛马驮运粮秣，非遵大道不可。且需兵一队以上护送之。至是，纳衣当噶至冬九之路，已渐梗阻矣。既而波番兵大部，进逼冬九，仅隔一河。幸拉萨增加步兵两营，骑兵一营，格林炮六挺，已到冬九，兵力尚厚。又数日，波番兵已出没冬九至鲁朗之间，不时劫夺粮运，后方交通亦梗阻矣，于是钟颖大惧，乃飞调我军，集中冬九。余遂偕

格林炮（Gatling Gun），又译为加特林机关枪，由美国人 Richard Jordan Gatling(1818-1903)在1862年发明，用手把摇动6—10个枪管围绕轴心转动，火力十分猛烈。它是世界上第一种正式装备军队的机枪，美国军队在1866年将其正式列入制式装备。这种武器一经推出就引起了当时世界各国军队的注意，在传入中国后于1881年由金陵机器局开始大规模仿造，中法战争中该炮发挥了重要作用。

鸿升乘夜撤退。行三十余里，天甫晓，波番兵又追至，我军回兵奋战，毙其百余人，始败退。我军即乘胜退回冬九。

  我军退至冬九，时方正午。晋谒钟颖后，即偕各管带登山视察地形。冬九在河之北岸小山上。左为横山，蜿蜒直达波密之汤买，长六百余里。由冬九东行二里许，过长桥，向西行，至鲁朗。向东北行，即纳衣当噶也。过桥后，两面高山矗立，小道中通。桥之西岸，乱石峻岩，波番兵守之。过此约半里，两面高山，亦为波番兵所据，众不下四五千人。至沿河要隘，及横山一带，皆我军守焉。幸河宽水深，波番兵不能徒步，仅隔河开枪射击而已。佥以对岸之敌，不急驱逐，则后方交通一断，粮运不继，危险殊甚。乃连日冲锋出击。虽屡经击退，然波番兵临据险阻，退而复集。我军死亡已达三百余人。冬九左侧大山，又为波番兵占据。

又数日，鲁朗运道又梗。存粮仅支三日。波番兵愈集愈众。钟颖乃决计退鲁朗，俟与边军联络再进，免为所困。时四月初旬也。波密气候炎热，乃乘夜全师撤退。余先头一队出桥，扫清乱石之敌，掩护大军前进。余自率三队断后，并焚毁桥梁，断其追兵。密议定，至夜四更时，我先头一队冲锋出桥，乱枪轰击，大炮同时猛射。大军乘势前进。一时枪炮齐鸣，声震山谷，弹飞如雨，捷若霆电。余即封闭桥门，纵火焚之。

我军且战且行。钟颖体肥胖，不能行。初出桥，见弹火喷飞，光明如昼，惧为枪炮所伤，卧地不起。余选健卒二十余人，更番舁之行。幸是夜番兵猝不及防，火枪土炮，发射迟缓。我军出其不意，以全力猛扑之，故不能抵御，渐次引退。其扼守道路之番兵，亦奔避登山。我军始得安全退出。仅受伤兵士二人，亦云幸矣。

行至中途，遇德摩解粮兵一队至。云："出鲁朗十余里，遇

钟颖体肥胖，不能行，惧为枪炮所伤，卧地不起

番兵百余人，经力战击退，向山上奔逃。粮秣均无恙。"余甚喜。遂同回鲁朗，已午前十时矣。官兵竟夜作战，不得食，又行甚急，均饥疲不堪。余勉出部署警戒即回。夫役进面饼，西原炒牛肚一盘至，余持饼倚枕而食。食未竟，即沉沉睡去。醒来，漏已三下，残饼尤在手中，疲劳可知矣。

我军入藏经年，行军作战，死亡不少。钟颖乃由川募兵补充。有溆浦人陈遐龄，随黄忠浩入川，任工防营管带。所部大半募自湘西。后川军扩编成师，工防营撤并之。适西藏募兵，乃择其愿入藏者，得百六十人，编为新兵一队，送入藏。官兵以余湘

余持饼倚枕而食，食未竟，即沉沉睡去

西人，咸愿隶余部。时波密之役，余部死亡甚巨。钟颖即以新兵队补充之。于建制四队外，加编新兵一队。

我军退鲁朗后，拉萨得报，大震惊。联豫调钟颖回藏，以左参罗长裿出而代之。钟颖得藏友密函，乃大恚，及长裿至，相见无一语。明日封送印册，即匆匆回。钟颖宽厚，得士卒心，濒行，官兵皆泣送之。余与管带随陈统带送至德摩山下，钟颖召余等入室坐，愤然曰："吾不能藏人物，而谬托腹心于彼，今竟为所乘矣。"众问故。颖曰："始罗统川边新军，以失机被撤。钦帅置之幕中，司文案，长裿出怨言。钦帅亦衔之。罗局促不自安。

罗长裿，湘乡人，是湘军统帅罗泽南的嫡孙。罗长裿工书善文，好谈兵事，曾以翰林的身份进入军机处。后调充边军五营统领。赵尔丰开始待之以礼，后来觉得他缺乏苦干精神，所以把他调入幕府。罗长裿在幕府办文案，一直抑郁无聊。当时钟颖因为是国戚，少年得志，豪爽任侠，通过宫内关系，请联豫调罗入藏。宣统元年秋，罗长裿先入藏，任参赞大臣。联豫很欣赏他。等钟颖到西藏，联豫见钟少年轻佻，很不喜欢，几次都想用罗长裿替换钟颖。后来，钟军征剿波密失败，困守鲁朗。联豫于是发文给驻藏文

适吾赴更庆谒钦帅，与罗订盟交，遂以图入藏相托。慨然许之，急为请之联帅，始奏调其入藏焉。今竟乘我之危，多方媒蘖，取我代之。此尚有心肝乎。吾认贼作友，吾之过也。"言讫，愤骂不已。久之，始别余等，恨恨而行。

武官吏，让他们说说罗、钟的优劣。官员们知道联豫的意思，都说罗好。联豫于是上奏，要求调换，军机处一时还没决定，联豫就派罗长裿率军代替钟。钟颖很是愤怒，不肯返回听命，留驻乌苏江。等到革命消息传来，波密兵变，罗长裿被杀，兵士蜂拥回藏，到乌苏江时都拥护钟颖为首领。后来钟军劫走运藏饷银，招兵买马，并将联豫驱逐出藏，藏局从此不堪收拾。

舁（yú）：抬，载。更庆，即今四川德格县更庆镇。

媒蘖：原指酵母和酒曲，比喻借端诬陷，酿成别人的罪过。

06　退兵鲁朗及反攻

　　长裿至鲁朗，颇重射击，日引官长至郊外比射，以定升降。又用川人周春林、张鹏九，鄂人方仲孺三人。周随军入藏，任排长。张随运输队入藏，任书记，亦众所不齿者。不一月，周升预备营管带，方、张皆擢升善后委员，日夕不离左右，长裿颇倚重之。后波密平定，长裿委张为冬九理事官，委方为彝贡理事官。尤记方任事之初，寓书遍告朋辈。书中有"弟以武夫而干文事，不啻汗牛充栋"之语，全藏传为笑柄焉。

　　前敌易帅，多所更张。又值初秋，气候渐寒，余乃令西原随钟颖一同回德摩，请检寒衣。西原初不肯，余许以翌日出发同

　　本章叙援藏军在新统帅罗长裿的率领下，在边军的配合下，再度进剿波密叛匪，并彻底平定之。

　　周春林、张鹏九、方仲孺等人都是新从四川调来的将官，非钟颖旧部；罗长裿接替钟颖之后，无法收拢钟颖旧部人心，遂重用他们。这种内部的分裂为后来的兵变埋下了伏笔。

来，始行。

余回鲁朗后，搜讨申儆，士气大振。波番兵亦严守冬九，不敢越雷池一步。一住经月，赵钦帅始遣彭日升率边军三营，定期由硕板多经春多山，直捣中波密。令我军同时向冬九攻击前进。长褚奉令，因准备粮秣运输，迟四日，始令余率部先进，附格林炮三挺。余整队出发，沿途皆无波番兵。至冬九桥，亦空无一兵。搜索寨内，居民亦迁徙。余甚诧之。遍搜附近数里，均无人迹。判断边军必已攻入中波密矣。乃急报长褚，请示进止。

余是日，即就桥西平原中，刈草莱，张帐幕止宿焉。此地久

赵尔丰此时刚好要调到四川任总督，还正走到甘孜，就收到藏中约请会攻的电报，便立即让统领凤山、督新军前营管带彭日升、西军中营管带顾占文、西军左营管带牛运隆三个营自硕板多进军。另外还让新军后营管带程凤翔自桑昂（科麦）进军。一共有四营出兵，分为两道。这四支边军精悍无匹，加上久习边事，进入番境，势如破竹，如入无人之境，迅速攻下上波密之春多寺、松宗寺、薄宗寺等中心地点。波密头目白马青滃，仓促返救，也被边军攻破。波民都逃集中波密。所以等陈渠珍军反攻时，下波密已经没有一兵一卒了。

为波番兵所据，尸骨遍野，壁垒依然。余下马凭吊，尤恍惚如闻当日奋呼杀贼声也。夜半，时闻臭气，不能成寐。秉烛起而迹之，则不少断肢残骸，掩藏土中，余枕畔亦得碎骨数块。盖鏖战久，天又炎热，死亡尸骸不能收殓，以致血化青磷，尸残原野。睹兹遗骸，不禁恻然。

次日午后，长裪亲率大军至。信宿即进，留余殿后。余迟一日始出发，过纳衣当噶、八浪登时，旧垒重经，遍检遗骸，日久天热，悉化虫沙。仅在八浪登下山时，寻获刘队官尸身一具，火化，裹包携之行。余皆残骸满地，碎骨渗沙，无法认识矣。余惟念忠诚正气，亘古常存，固不必辨蒋侯之骨，归穆伯之丧也。因在此停止半日，督令士兵，聚残骸于一处掩埋之，始行。

由八浪登前进，经京中、树枝、央噶三山，皆重岗叠岭，高耸入云，远近众山，一齐俯首。而危崖狭道，陡峻异常。我军穷三日之力，始能通过。每上下一山，皆须整日赶行。恒登降于深壑绝涧中。山中皆千年古树，大树十围，高数十丈，直矗霄汉，荫蔽不见天日。此道偶有番商往来，然负重而行，必须六日始能通过。三日宿山上，三日宿谷底。山上无数尺平地可栖止，故番商恒傍大树根，凿穴隐身，以避风雨。久之，穴宽八九尺，深五六尺，人可挺

纳衣当噶至汤买（亦作汤木）之间，有大山四重：八浪登、京中、树枝、央噶。高度都在四千米左右，山脚河谷深狭，崖路陡险，所以山也显得特别高。此处山脉自古以来就是工布与波密的分界。后来因为波密强悍，工布孱弱，德摩山以东的鲁朗、冬九、纳衣当噶等村都被波密人占领。

卧其中矣。然凿穴如此之巨，尤未占全树之半。此真大而无所可用者也。余尝谓材虽栋梁，而生非其地。不遇其人，亦终老穷荒，弃如废材。人之怀瑾抱璞而不遇者，亦尤是耳。

又山中秋高叶落，泉水久浸，遂成积潦；水阴寒而含毒汁，番人饮之，颔下生肉瘤，垂五六寸长。波番无老幼、男女皆有之。下山，地势起伏，行半日至汤买。薄藏布江横其前，宽十余丈，波涛汹涌，有藤桥通之。大军前进后，已被番人砍断，乃就河岸宿焉。是日，行进甚速。途中渴燥，汗流不止。入河濯巾洗尘，又觉寒透肌骨，不可支。盖波地山高岸陡，溪小水寒，终岁

怀瑾抱璞：这个词与"和氏璧"的传说有关。春秋时楚国人卞和在山里发现一块玉璞（含有宝玉的石块），先后献给楚厉王、武王，玉工都说是块石头，国王恼怒，卞和分别被砍去左右脚，楚文王继位，卞和抱着玉璞在山中哭泣。文王知道后，叫人剖开玉璞，果然得到一块稀世美玉，即"和氏璧"。

森林地区，缺乏食盐，故人多生瘿瘤，多食海盐及海带，补充碘质，足以解之。

薄藏布江，雅鲁藏布江的支流。"藏布"在藏语里有"清洁者"之义，是藏人对圣洁的大河的称呼。

不见天日故也。

是日，遍寻居民，皆匿不出见。夜有一番人至，乃此地小头目也。余悬重赏，募人架桥，诺之。次日凌晨，即引一老人，负藤绳两盘至。沿河上下呼唤甚久。始见对岸来一番人，手携毛绳。于是彼此各持绳的一端，向上流力抛。忽两绳相交结，成一绳。再张索桥，引渡而过。两岸原有石墩，高丈许，中埋木柱。拴桥绳于柱上，即成桥梁矣。对河番人，攀缘藤绳而过。余取所携毛绳观之，其一端系有三棱铁钩。又视老番绳端，亦系一铁球，大如卵，始知两绳相交，即钩结为一矣。渡桥去，人依桥

于是彼此各持绳的一端，向上流力抛。忽两绳相交结，成一绳

柱，背河而立。有曲木，长尺许，如半月形，紧系胸间，桥绳即由此穿过。另一细绳，系人背上。自此岸循索溜达彼岸，一人牵引之。凡渡河之人，仰身倒下，手足紧抱桥绳，手攀脚送，徐徐而过。对河一人持细绳，亦徐徐牵引之。

桥既成，官兵陆续渡之。每渡一人，约十分钟之久。全营三日方渡毕。当我军初渡兵一排时，余即继之渡过。初则顺势下降，甚易。向下视洪涛，不无惴惴耳。迨渡至桥中，绳下坠丈许，距水面亦不过二丈。浪花喷飞，扑面沾衣，不觉惊心动魄。仍竭力攀缘，久之始达彼岸，已喘汗交作矣。此岸有居民百余户,时均已逃避。余驻此两日,俟全营渡毕始行。从此道路稍平,山较少。行河右岸,沙洲七八里,皆木瓜树,郁然成林,树高丈许,结实累累,清香扑鼻。

又行十余里,接长裪令,以彝贡番人复叛,驻军损失颇巨,令余急率部进剿,以清后路。又行数里,遇一司书狼狈至,乃由彝贡逃出者,携之同行。至别夹宿营,询其经过。知大军至汤买,彝贡喇嘛即来投诚,乃留兵一队驻其地。殊官兵垂涎喇嘛寺财物,肆行掠取,遂激变。复聚众千余,围攻两日,驻军不支,被缴械。死伤尤重,生还者不过四十余人而已。

  入藏川军中招募的多是市井无赖,而军官又多是凤凰山训练的学生,缺乏治军经验,加上钟颖年轻孟浪,只想以宽厚博得人心,所以军纪极坏。赵尔丰知道钟颖不可用但也无可奈何。联豫与钟颖同是满洲人,而不喜欢钟颖却欣赏罗长裪也并非毫无原因。此时罗长裪接手该军,但因无人可用,也难除积习。克定波密,全靠边军出力。罗的反攻,其实没打什么仗。如果真要打仗,估计也要失利。民国元年,钟颖率领的军队也是在拉萨劫掠,激起民变,结果缴械离藏。

翌日出发，行五十里，沿溪进，途中时见村舍，傍溪右岸。又行十余里，横山阻之。山高而险。山后波番兵所在也。左为大海子。宽里许，长数十里。对岸即彝贡，人户甚多。闻向导云："二十年前，此为小溪。后因左面高山崩溃，壅塞山谷，遂潴为海子。而右岸亦夷为平原矣。"我军沿海子下流里许，徒步过，水深尺许。遂宿营彝贡。遥见海子对岸，无数烟堆，番兵来往其间。沿岸登陆处，似均掘有壕堑。余部署甫定，边军彭管带日升开到。日升，永绥狮子桥人，入川二十余年，由夫役积功升管带，为边军骁将也；异域相逢，倍动乡情。日升力白愿以全力协

海子：高原上的人们对"高山湖泊"的称呼。

助。余甚感之。约以明日拂晓进攻，彭营由左岸登山，我军由彝贡渡海，议定，日升辞去。即驻军于海子下流五里许之村内。

收复波密，余实首议。乃以友军不力，致兵败退回。今彝贡小丑，尚烦边军援助，余甚耻之。计非立功自见，不足以雪此恨，乃激励官兵，单独进攻。众咸为感动，愿效死力。乃于上流搜集木船七只，至夜四鼓时，派两队，越过对岸大山进攻。余率兵两队，绕至上流四里处，乘船偷渡。时月色昏朦，舟小人多，微波荡漾，左右倾簸，舟不灭者一指。戒士兵，万一波番兵发觉开枪，宜镇静。一动摇，舟即覆灭矣。幸值昏夜，离敌尚远，平流缓渡，舟行无声。渐近岸，即隐舟芦苇中。

余原与越山进攻两队约，候其下至半山，鸣枪为号。余即起而应之，但守候甚久，尤未闻枪声，又恐天明，为敌觉。余遣出侦探回报云："番兵数人一组，围火坐，多已盹睡，毫无警戒。"余遂决心出其不意掩袭之。预计接触后，我越山之两队，当亦下山矣。乃舍舟登陆，鼓励士众，两路齐进，直攻其村寨。波番兵闻枪声，始惊醒，稍还枪，即溃不成军矣。我越山两队，已下至半山，适遇被我击溃波番兵数百人，向山上窜匿，乃猛力射击。波番兵遂豕突狼奔，向上流溃走矣。此役毙敌三四百人，我军伤亡四人而已。

　　余集合全营，分三路，沿海子搜索前进。沿岸地势平坦。行十余里，至一大森林，波番兵数百，复阻险开枪。中路接战，约半小时，我左右两路兵抄至，波番兵被我三面夹击，不支，又四散奔溃，我军就此大休息，约一小时。

　　又行四十余里，皆一带平原细草，风景天然。天已不早，就草原中宿营焉。官兵饥甚，采樵而炊。护兵某，在山后摘回子辣椒甚多。某队在山中搜获牛一头，不及宰杀，即割其腿上肉一方送来。余正苦无肴，得之大喜。乃拌子辣椒炒食之，味绝佳。余

波番兵闻枪声，始惊醒，稍还枪，即溃不成军矣

生平嗜此味，入藏，久不得食矣。今不图于万里绝荒，又值战后饥苦之际，得之。是日，余食之不知几许，但腹累累，坐地不能起矣。

是夜，四更造饭。五更又出发。仍沿海子上行，地势起伏，尚无大山，沿途亦无敌踪。行五十里，至一地，忘其名，有居民数十户，但屋宇均极湫隘，远不如工布屋宇之精洁。甫宿营，彭日升率队至，见面致贺，略无愠色。余殊惭负约独进，因约至静室，为述前此战败退兵之耻，欲借此一盖前愆，非敢争功也。促膝倾谈甚久。日升亦颇谅余之苦衷，复商进兵事。侦知波番兵

湫隘（jiǎo ài）：低洼狭小。

愆（qiān）：过失，罪咎。

大部已退至八阶十四村。由此前进不远，即渡小河右行，余自任之。日升则前进二十余里，即海子极端也，沿海岸行，肃清哲多沟彝贡即回。议定，翌日诘早出发，与日升临歧依依，约以春多寺再会。时边军均驻春多寺也。

余出发，登山，行数里，一带森林密菁，道路崎岖。下山即溪河，宽五六丈，岸高略等，藤桥通之。但引渡器具皆无。幸昨夜携来之老番三人为向导，乃为撒驮鞍曲木代之。中一老番，年八十余，极矫健，手攀藤绳，悬身并足，顷刻而过。见者皆为惊叹不置。通事曰："波密地多藤桥，故村寨中皆牵绳为桥，

老番年八十余，极矫健，手攀藤绳，悬身并足，顷刻而过

高四五尺，密如网，便儿童练习也。"番人童而习之，长而娴熟焉。此桥攀渡甚难。中波密山高岸陡，别有所谓鸳鸯桥者，即用藤绳两根，甲绳则系于甲岸高处，徐降至乙岸低处焉。乙绳则系于乙岸高处，而徐降至甲岸低处焉。各悬竹筐，人坐其中，手自引绳，徐徐降下，势等建瓴，往来极便捷也。

我军渡河，又费一日夜之力，全营始渡毕。再沿河进，两岸高山逼狭，时行山腹，时行河岸，军行甚苦。行七十里，至八阶，忽现平原，纵横里许，有居民数十户，又有小喇嘛寺一所。番妇数人来见。细询之，云前日有番兵数十人由此回家矣。余曰："番兵甚多，当不止此数。"番妇曰："彼等皆由各处征调而来，非一地一村之人，闻战败后，均纷纷由山后逃回家矣。"余将信将疑，仍多方侦探。驻此三日，所得情况亦同，始率队回彝贡。

驻八阶时，余宿喇嘛寺内。官兵半宿营，半露营，傍河岸支帐幕焉。士兵掘来雪晶，巨如斛，小如拳者十余方，洁白莹澈，如水晶然，烈火不能化也。又掘得蜜蜡数十块。色金黄，微红，中含蜂蚁甚多，栩栩如生。余复至河岸，掘出甚多，满装两袋驮之归。次日，一老喇嘛来见，谈十四村颇详，盖极荒僻中之野蛮

这里说的"雪晶"应该是方解石。方解石是纯净的石灰石的结晶，透明如水晶，立方体形状。它的硬度远不如水晶。很多人都知道水晶，但不了解方解石，只因为摸着感觉冰凉且质地偏柔软，就说是雪晶。

蜜蜡、琥珀从地质学上说是同一种东西，透明的叫琥珀，不透明的叫蜜蜡。蜜蜡的颜色如蜜，质感丝润，与琥珀一样，都是树脂埋在地底深层，经千万年逐渐石化而成，所谓千年琥珀万年蜜蜡，蜜蜡所演化的时间要大大久于琥珀。

部落也。复询雪晶、蜜蜡所自出。喇嘛曰："此地绝壁千仞，山岭皆万年积雪，亘古不化。历千万年后，冰凌结晶矣，性极寒，凡眼目因热肿痛，以雪晶擦之，痛立止，肿亦消矣。至皮肤病，如疮疥之类，因血热所致者，擦之无不立效。蜜蜡亦蜂巢，峭壁上积蜜久，无人取，历千年后，结块如石，遂成蜜蜡，藏人取为念珠。此二物，皆年久岩石崩落始得之。波密惟八阶十四村有之，皆珍品也。"

余抵八阶之次日，喇嘛送牛酒糌粑犒师，遂分给官兵食之。是夜，有小牛至屠牛处，婉转悲号，惨不忍闻。次日又如此。余

是夜，有小牛至屠牛处，婉转悲号，惨不忍闻

怪而问之。喇嘛曰："凡未离乳之牛，屠其母，血渍地上，百日内，小牛嗅之，尤知为其母也，则号泣悲鸣。尝徘徊至数十日不能去。"余闻之，怅然若有所失。昔余过秦陇，见乡村墙壁间，遍贴长条如广告状，词曰："劝君莫打三春鸟，子在巢中望母归。"可见地无东西，心理则同。人禽虽殊，共此佛性。至若儒家远疱厨，释氏戒杀生，此又仁人之用心也。然则今之手刃父母而自鸣工作彻底者，其视小牛为何如？吾不禁浩然长叹！

余自八阶整旅还，即沿河而下，不渡藤桥。行五十余里，至海岸。从此沿海行，二日至彝贡。沿途村落甚多，不似对岸之寡落。余出发时先遣通事持文告，晓谕各处人民安心回家。余每至一处，必召集人民，多方抚慰。番人大悦。滨海一带，时见水中枯树林立，浮出水面四五丈，其树干犹在水中，不知其高几许也。番人云："二十年前，此地森林甚多。自山崩成海，森林遂大半汩没水中矣。两岸屋宇沉灭海中者，更不知凡几。"复指海中某处，昔日之村落也。某处，昔之喇嘛寺也。及当日山谷变迁情形，历历言之，如闻长爪仙人谈东海三扬尘也。

余将抵彝贡时，见一大平原，围木栏成椭圆形，马数十成群驰逐其中。番人告余曰："彝贡产马甚富，此即马场也。"近视

葛洪《神仙传·麻姑传》曰："汉孝桓帝时，神仙王远，字方平，降于蔡经家，……与经父母、兄弟相见。独坐久之，即令人相访（麻姑）。麻姑至，入拜方平，方平为之起立。……麻姑自说云：'接侍以来，已见东海三为桑田。向到蓬莱，水又浅于往者会时略半也，岂将复还为陵陆乎？'方平笑曰：'圣人皆言海中复扬尘也。'""麻姑鸟爪。蔡经见之，心中念言，背大痒时，得此爪以爬背，当佳。方平已知（蔡）经心中所念，即使人牵经鞭之。谓曰：'麻姑神人也，汝何思谓爪可以爬背耶？'但见鞭著经背，亦不见有人持鞭者。"

之，群马奔驰殊雄壮。一枣骝马，昂首奋鬣，奔蹄疾驰，众马莫能及也。抵彝贡。询诸头目皆云："此彝贡名马也。彝贡滨海，海龙出水与马交，故生龙驹。"余笑曰："涔蹄之泽，亦生龙蛇而育宝马耶。"因喜其英骏超群，出重金嘱为购置，头目等允为物色之，约以五日为期。余授以藏币三百元，为订金。是时，长褅驻卡拖。因波酋白马青瀹窜入野人山，长褅调余至卡拖，筹商进剿事。余因连日进军，官兵甚疲劳，遂休息一日，始率部开赴卡拖。行两日始至。

余抵彝贡二日，彝贡头目送枣红马至。云此彝贡名驹也。余

涔蹄：路上蹄迹中的积水。形容水量很少。

出视之，英骏不似前日所见者。后邀同辈善相马者共视良久，亦谓此马鬃、尾极粗，恐非良骥。特骨干粗劲，头面雄阔。试乘之，亦了无他异，遂不觉大失所望。

我军退鲁朗后，波番倾巢远出，进屯冬九。边军乘其不备，突入倾多寺，冲其腹地。于是波酋白马青翁大惊，急调冬九大军回救，已无及矣。使钟颖不去，按期早进，则白马青翁可虏而致，波密可完全底定矣。

迨我军与边军会师后，白马青翁率残部数百，越野人山，至白马杠。其极有权势之奢可削（番官女婿之称）林噶，节节顽

见一大平原，围木栏成椭圆形，马数十成群驰逐其中

抗，经边军三战三败，亦窜野人山下之格布沟。余抵卡拖，长裪以余克复彝贡，不假边军之力，欣然嘉慰不已。复商进军格布沟。余以其地荒远，用兵不易，力主招抚。长裪亦同意。于是遣排长王孚，偕一番官前往。据王孚言："沿途皆悬崖绝涧，历藤桥七处，始至格布沟。其地三面绝壁，河流环绕，后依白马杠大山岭，岸高流急，无路可通，仅藤桥一线，恃为津梁。且林噶率侍卫百人，住山上喇嘛寺。山下有百余人护藤桥。番官往返过桥，述明来意。候一日，始准过桥。"王孚等过喇嘛寺，林噶踞高座见之，傲不为礼。王孚等伏谒甚恭。前致词曰："大军来此，因冬九人屡为工布患。及奢可削不察问罪之由，误启衅端。今幸天讨已申，波密底定。边军即日撤回昌都。我军因波地无主，静待奢可削早回镇抚，即便撤回。参赞特派某等前来奉迎，请即命驾同回。"反复陈说甚久，林噶犹未深信。又住两日，百计安慰，始率众来降。

  经过仁进邦，我军驻兵一营，乃止其随从，告以边军驻卡拖甚多，恐生误会。至卡拖，馆于喇嘛寺，备陈水陆，极盛优渥，但密派士兵监守之，不令出入耳。次日，余往会之。彼颇疑惧，问参赞何在。余曰："已赴昌都谒赵帅，明日即回。"始安之。长

  优渥：优越，优厚。

褙因各处招降番官均解至，乃决定一并诛之。

翌晨，长褙至郊外刑场，升坐，解林噶及招降番官至，数其罪，咸就缚焉。惟林噶体貌雄伟，年二十余，见长褙升坐，知有变，怒目咆哮，不肯就缚。健卒十余，反接其手，以毛绳紧缚之。犹狂跑奔逃，毛绳尽断。余急夺卫士刀，自后砍之，始扑地就戮。

林噶及各番官骈诛后，遂不能再以计诱白马青翁矣。白马青翁远窜野人山，又无法用兵。于是长褙乃赴昌都，谒赵帅请示方略。赵为悬重赏，通令各理事官番官，募能生致白马青翁者。适有新任昌都理事官朱慎，晤昌都喇嘛寺管事喇嘛诺那，偶谈通缉白马青翁事。喇嘛曰："余昔游野番地三载，为野人诵经，颇识各处酋长，不知渠辈今尚在否？"朱慎极怂之，曰："曷往一游。万有一成，以赵帅之力，为子谋一大喇嘛寺呼图克图，不难也。"

喇嘛大喜，赢粮而往。至野番地，晤昔时所识酋长，扬言大军数万，已平定波密，现闻白马青翁逃至于此，将移师压境，宜早为之谋。野酋大惊，求计于喇嘛。喇嘛曰："白马青翁现在何处？"野酋曰："前已入境，吾等尚拒之，不使过夥惹桥。"喇嘛曰："何不诱而杀之，函首送汉军，可免祸矣。"野酋踌躇良

赢粮：担负、背负吃的粮食。

久，曰："万一波番报复奈何？"喇嘛曰："既拒其入境，彼衔恨已深，今不杀之，能保其将来不图后报？祸在眉睫而不顾，遑计后事耶。"野酋大悟，急召各山酋长共谋。数日，乃决定从喇嘛议。竟诱白马青瀚过桥，执而杀之。复以强弩守其桥。其余波番见酋长已死，又为弩箭射死十余人，悉散去。喇嘛乃偕野酋，函白马青瀚首，绕道送至卡拖。长裪重赏野酋而去。又送其首入拉萨献功。赵帅以昌都喇嘛功尤伟，遂升为硕板多呼图克图。此役不失一兵，不费一弹，而能收此全功，诚有天幸，非人力也。

自波密入野番，中界白马杠大山。过山行十余里，雅鲁藏布

野酋大悟，急召各山酋长共谋

江横其前。江面宽七丈余，有藤桥通焉。两岸绝壁百丈，遍生野藤，粗如刀柄。桥宽丈许，高亦如之，皆野藤自然结合而成，不假人工。桥形如长龙，中空如竹。枝叶繁茂，坚牢异常。人行其中，如入隧道。野人呼为夥惹藤桥。"夥惹"，番语为神造，即神造藤桥之意也。野人迷信神权，语涉荒唐，原不足据。究之，此桥如何结合而成？河幅宽至六七十丈，岸高亦近百余丈，水流湍急，决非人力所能牵引而成者。陵谷变迁，匪可思议。安知今日之大江，非太古时之溪流也。则当日结合自易，稍加人力，遂成小桥。迨终千万年后，浅流变为巨浸矣，小溪变为大江矣。水力

这里说的夥惹桥，横跨在雅鲁藏布江大峡谷南部的江上，是波密白马岗通往洛渝"野番"的小道。雅鲁藏布江，在西藏东南境，喜马拉雅山脉的东端。西藏与波密全境的水，都从这里泻入印度平原。西藏古时是内海，靠这峡谷把水放出去，才成为陆地。可以说，有西藏即有此峡江，而不是先是小溪后来才变为大江。陈渠珍关于夥惹藤桥生成的推理，虽然与科学吻合，但与西藏地史不大能相对应。这样的桥有可能最早是索桥，桥索导引藤蔓而成。

既猛，冲刷日甚，故河愈久而愈深，河岸亦愈冲而愈阔，而短桥之藤亦愈延而愈长矣。虽其构成之经过不可得见，然以理推断，其所由来者渐矣，非一朝一夕之故也。

　　白马青瀚与林噶先后就戮，各处投降番官亦诛戮几尽。于是波人震恐，无所逃死，复有倾多寺呼图克图，及营官觉罗涅巴等，聚众数千于八噶山，声言报仇。其南有大雪山，距春多寺八百余里，中隔金珠山，皆荒徼不毛之地也。终年积雪，仅每年夏秋可行，余时大雪封山矣，长裿恐其窜入，乃派兵一队驻金珠山防之。余以地势荒远，雪山甚大，谏阻。不听，竟派遣之。队

　　荒徼：荒远的边域。

长姓石，山东人也。后驻波军队哗变回藏，此队因大雪封山，不能归，尽为波番攻杀之。又有谓逃至三十九族被藏番所歼。未知孰是。

长褆以波密全境平定，乃筹划善后，分全波密为三县，仿川边例，设理事官治理之。又取中波密喇嘛寺银骨塔解京，献于贝勒载涛，借以表彰平定波密之功绩。此塔以银制成，上嵌珠宝甚多，为呼图克图示寂后焚尸装置之所。各地喇嘛寺皆有之。后闻此塔解至雅州，内地已反正，遂不知流落何处矣。

波密平定后，川边军以撤回两营，彭日升尚率一营驻春多

示寂：即指涅槃。又作圆寂、归寂、入寂、寂灭。示寂，一般用于佛、菩萨、高僧等之示现涅槃而言。

寺，日与官夫役作牧猪奴戏，毫无警戒，亦边军积习使然也。此军随赵尔丰在藏久，颇能野战。然平时无教育，无训练。驻军时，但于营内设更鼓焉。一夕，官兵聚赌楼上，正呼雉喝卢之间，忽番兵百余人，持利刃潜入营，巡更兵方起如厕，番兵突入喊杀。幸楼上官兵闻警，开枪堵击，毙十余人，始遁去。边军亦死伤数人。亦云险矣。

彭日升，湖南永绥人（今花垣县）。勇敢善战，以普通士兵积军功而升任管带，其人不好读书，治军即如文中所言。1918年藏军得英人利械之助，攻占昌都，彭日升被俘入藏，不知所终。

呼雉喝卢：赌博之声。魏晋南北朝玩"五木"时，到处是"呼雉喝卢"的叫唤声，因为"雉"和"卢"是两个"贵彩"。唐以后出现了正方形的骰子，赌场中就变成到处"吆五喝六"了。

07　波密兵变退江达

边军彭营，不久亦回昌都。罗长裿移住春多寺。余仍留卡拖。时周春林在长裿左右，屡言："哥老会势力，已布满全藏，军队尤甚。前此败退鲁朗，乃军队不服从官长命令，而惟彼中会首意旨是从，致有此败。今兵气益鹗张，官长拥虚名而已。我军远屯塞外，脱有事变，危险不可言矣！"罗长裿在拉萨，即习闻哥老会之名，而深恶之。至波密后，春林又屡以为言。长裿遂思乘此波密平定之时，严加整顿，以除后患。适驻春多排长王雨膏，因处罚兵士稍失当，哥老会即在郊外"传堂"，罚之跪。其执行首领，一正目也。长裿自喇嘛寺楼上瞥见，而不解其何

本章叙辛亥革命消息传到波密，发生兵变，统帅罗长裿被杀，陈渠珍策动部分亲信士兵弃藏东归。

哥老会源于四川，是近代中国活跃于长江流域，声势和影响都很大的一个秘密结社组织。在四川的哥老会被称为袍哥。哥老会在湘军中影响巨大，对清朝末年的革命有很大的影响。

鹗张：鹗读作è，鸟名，俗称"鱼鹰"。一种大型的鹰，用盘旋和急降的方法捕食水中的鱼。鹗张，嚣张，不服管束。

故，使春林查之。春林以哥老会规告。长裪大怒，曰："排长处罚一士兵，而正目挟哥老会之力，竟可使排长长跪，尚成何军队耶！"乃严核哥老会组织，及其首领姓名。乃知官兵入会者，已占全军百分之九十五。其总公口为"聚集同"，分仁义礼智信五堂，以川人刘辉武、甘敬臣等为首领，即彼中正龙头也。本营军需张子青副之，其重要首领，共十三人。其时甘、张等六人驻德摩，余七人驻波密。长裪乃遣马弁，持密札往德摩，令管带保林，执甘、张等六人杀之。驻波密首领七人，则密令春林五日后捕杀之。此十二月二十七日事也。

排长王雨膏，因处罚兵士稍失当，哥老会即在郊外"传堂"，罚之跪

既而武昌起义消息，由《太晤士报》传至拉萨。钦署洋文翻译某，乃长袴所推荐者，急由驿传快马，密缄告长袴，长袴惶急。急召余至春多寺，引至内室，出示拉萨密缄谓余曰："大局已生戏变，三数日后，消息传遍全藏，军队恐生动摇。奈何？"余踌躇久之，乃言曰："塞外吏士，原非孝子顺孙，公所知也。此信传出，兵心必变，彼等皆川人，哥老会势力之大，亦公所知也。不如委而去之，径出昌都，以观其变。"长袴默然，约余出大厅中餐。因密言："兹事决难成功。吾辈皆官守，何可轻易言去。纵军队有变，傅大臣必进兵镇压，决不听若辈横行。不如暂

《太晤士报》：即《泰晤士报》。

至江达，再决进退。"余因武昌情势不甚明晰，不敢如何主张，唯唯而已。长裪嘱余迅返卡拖，密为准备。俟约陈统带来此商定，再告。余遂匆匆而返。

是夜，即见士兵窃窃偶语，似已知拉萨消息。时新兵队驻彭褚，相距四十里。乃星夜调其回。司书杨兴武，永顺王村人，年四十余，颇谨厚。余以实告之，嘱为刺探川人行动。兴武曰："事已至此，不敢诳公。我队亦早有组织，归我掌事，团结甚坚，请勿虑。"余闻之，甚慰。次日午刻，炮队队官湛某，亦四川驻防之旗人也，忽被士兵杀之。继而官长被杀戮，被殴辱，被驱逐者踵相接。盖今晨已得拉萨密信,各部纷纷扰动。兴武多方为我周旋。亦幸余素得兵心,数月战役,甘苦与共。又赖新兵多湘西子弟,故军队虽变,犹莫敢侮余也。

次日晨起,长裪尚无函来。甫传餐,则报罗参赞至矣。余下楼迎入,则只身,狼狈不堪。见余,泪潸潸下,无一语。余甚讶之。后一护兵,为长裪携一狐裘至。兵士某,即前夺之,曰:"我辈寒甚,参赞无需此矣。"长裪入室,余见其身着毪子风衣,内止一袷服。问之,为述:"昨夜二更时,兵变围喇嘛寺。我幸事先得信,不及披衣,即只身逃出。暝行十余里,始来一护

只身逃出,暝行十余里,始来一护兵扶我

兵扶我。行数里，在路旁番人家，得牝马一匹，乘之至此。"言讫，泣下不止。余急取衣请其更之。忽报陈统带来，延之入，状尤狼狈，见长裿，叹曰："参赞不肯出昌都，今如何矣？"相对咨叹而已。

未几春多寺之兵纷纷至。见新兵队戒备甚严，未入犯。休息半小时即前进。本营亦有二百余人随之去。盖此时各以字号相号召，非复从前建制矣。余原有前左右后四队。兹所存者，止八十余人，皆对余爱戴极深者。是夜，陈庆仍力主出昌都。余曰："军队驻春多时，大局未变，出昌都甚易。今番人知我军已变，

这里说的陈统带，就是陈庆。陈庆劝罗长裿出硕板多确为卓见。春多寺距硕板多最近。波番刚平定，头领都被杀了，土人仓促之间还没听到革命及兵变消息，不大可能集合武力截阻他们的归路。而当时乱兵都在卡拖至德摩以及工布江达一带，乱兵里多哥老会员，他们随时都想杀罗长裿而后快。罗此时反而向西走，真是自投死路。

陈渠珍则因为颇有才能，在变兵中印象比较好，各方都没得罪。而且他身边还有一百多名勇猛的湘黔子弟兵护卫，他往西走

再由春多出昌都，害莫大焉。"长裿曰："玉鏊言是矣。"遂商明日即回德摩。迟恐波番有变，则难出险矣。长裿曰："吾惩办哥老会首密札，已落兵士手，恐至德摩，川人不能容。闻德摩山有小道通拉里，吾到德摩山，即从此道出川边，亦甚易也。"余正虑大军在德摩集合，长裿去不利。如能取道出昌都，则大佳。遂力赞其说。

次日出发，行两日，至汤买。入夜，陈庆犹未至。有知之者曰："陈统带今日黎明时，率十余骑回硕板多去矣。"盖其主张出昌都最力。此行如能安全到达，固善。但虑其从兵不多，途中

大道，乱兵也不会对他怎么样。罗长裿自诩清室忠臣之后，憎恶革命，不敢东归。又因为联豫待他不薄，而且与陈渠珍是同乡，所以没听陈庆的建议。没想到后来陈庆竟得生还，而罗长裿却死于德摩。

民国元年，罗长裿侍从周逊带着罗的儿子，上书为罗申冤，说是陈渠珍误导了罗长裿。此是后话。

遇险耳。后陈庆竟安全到达昌都。又由昌都而川，而皖。陈庆，安徽人也。民四洪宪之役，复在张敬尧部任营长。驻长沙甚久。闻余在湘西，曾一度通讯焉。前年，有友人自北平来，偶问及陈庆事。友人曰："陈自洪宪失败北旋。未几，任袁项城陵墓守护队。后因袁墓被掘，陈竟被戮。"未知确否。

晨早，由汤买出发。候长裪，久未至。余亲往催之。长裪密语曰："余随大队行，使人刺目。吾将后子一日行。吾声言已同陈统带出昌都。子若为弗知也者。吾自有出险之法。"因顿足叹曰："悔不听吾子与陈统带之言，早出硕板多，即无此厄矣。"长

陈庆并未遭杀，1936年的时候还在四川北碚居住。四川将领中，很多是他在西藏时的部下，他在北碚居住的生活费，都有部下操办。

洪宪之役：指袁世凯复辟闹剧。"洪宪"为袁世凯"中华帝国"的年号。

张敬尧：北洋皖系军阀，1933年5月7日在北平被国民党刺杀。

袁项城：即袁世凯，其为河南项城人。

叹者再。余至是，亦不敢强行之。乃以所余大米一袋，留供长裾。余则自食糌粑。亦造次颠沛之中，不敢忘麦饭豆粥之意也。又由其亲信同乡，为选兵士一班随之。余遂告辞启行。

郁郁行六日，至德摩。西原迎余德摩山下，言笑如常。余抚今思昔，悲怅欲泣。西原惊而问之曰："君得勿有恙耶，何若是不豫色然？"余乃强颜为笑以解之。抵德摩，仍下榻于第巴家中。时军队解体，哥匪横恣，三五成群。在余室内，亦明目张胆，"对识"叙礼。其首领，即贱如夫役，亦庞然自大。众起立，余亦起立。众敬礼，余亦敬礼。号令无所施，权谋无所用，

时军队解体，哥匪横恣，三五成群

听其叫嚣，天日为暗。

时甘敬良、张子青等先两日已赴拉萨，将谋大举。张子青者，贵州印江人，性机警，有才辩，壮游川滇，结识哥老，会众推重焉。复随余入藏，由护目而司书，而军需。平时对余甚殷勤，故余待之甚厚。波密之役，留其在德摩掌粮秣运输事。时伤兵皆送德摩疗治，子青请优待之，余慨然许其便宜处理。德摩为工布至波密通衢，凡官长兵夫过往者，子青遍交欢之。挥金如土，供应极丰。于是藏军识与不识，皆慕其名。士兵尤倾向。遂一跃而为哥老会中之副龙头焉。波密兵变后，子青竟不顾余而去。及余民二回家再治乡

护目：清朝军队体系里相当于护卫的职务。

不豫色：语出《孟子·公孙丑下》，颜色不悦也。"豫"即"娱"。

司书：清时军队文官名称，行使会计的职能。

军需：清时主管军队后勤供应的军职名。

兵，子青又来依附。余不咎既往，任以指挥，畀以重权。乃矜骄性成，卒为部下田义卿刺杀于辰阳。惜哉。

时大军聚集德摩未动。余颇疑之，密询兴武，亦不知何意。但闻拉萨来人甚多，不时秘密会议，内容无从刺探。终日乱兵呼朋引类而至。余虽深恶痛恨之，亦不可如何也，乃偕西原，去其家以避之。甫出门，即见兴武疾驰而来。问其故，则请入室谈，因密告曰："参赞已被义号赵本立、陈英等勒死于山下喇嘛寺矣。"余惊惧不知所为。兴武曰："公宜戒备。我即将队伍密为部署，以防意外。"乃匆匆下楼去。西原问故。余曰："此非汝所知

畀：给，给以

也。"因促其先回："余事毕即来。"

移时，陈英偕兵士数人，汹汹至。入门，即大言曰："罗长裿阻挠革命，已杀之矣。"余一时不能答。坐移时，始从容答言曰："近闻番人颇动摇，此耗传出，恐于我军不利。"陈英曰："我等与长裿同命。彼不死，我等首领不能保。公勿虑。"余默然。又移时，士兵来益众，一兵士向陈英曰："事毕矣。明日可请管带一同至拉萨。"陈英复问余曰："江达某某等有信来，革命事重，推公出而领导。请明日即行。"余唯唯应之而已。时西原已遣人来催，余即乘机出，至西原家，倚垫而卧。默念参赞被

罗长裿的死因，官书都说是"缢杀"。有亲历者回忆说："哥老首领某，寻得罗长裿，以绳缚之，系马尾后，鞭马曳行。凡数十里，至喇嘛寺，罗已气绝矣。"其死可谓惨酷。

杀，余日与豺虎为伍，能幸免乎。不觉泪下。西原问不已，余始为言之。西原大惊曰："似此将奈何？"余曰："明日到江达，再看情形。"西原大哭，留余勿行，余曰："军队已变，无可收拾。达赖虎视境上，必乘机而入。汉番仇恨已深，后患犹堪问乎。覆巢之下无完卵，留此，不独我不能存，即汝也不可保。幸彼辈虽横，对我犹善；是前进犹可望生，留此终必一死。汝必同我去，勿以家人为念。万一藏事可为，吾离去，不久仍回工布也。"言次，西原哭不已。其母至，又牵衣大哭。母亦哭。余亦哽咽不能成声矣。乃百计安慰之，始止。

移时，陈英偕兵士数人，汹汹至

未几，兴武寻余至，为言："彼等明日开拔。标部周书记官、一营胡督队官等，均在江达，主张革命，驱逐联豫、钟颖，组织军政府，推公出而主持，细探此间众意，亦多赞同。因协部有人在此，不便明言。公明日能否同去？"余叹曰："此事谈何容易。但我不去，安所归耶。明日，仍同至江达面议。子宜密探彼辈意志如何。第求免祸，勿问其他。"兴武又曰："参赞尸身，已火化包裹，周逊愿负之行。"余极嘉之。移时，进面食。食已，即偕西原回。而坐客已满。余亦强颜为笑，竭力应付之。至二更后始散。

次日，黎明起。西原母即来送行。因出珊瑚山一座为赠。高约八寸，玲珑可爱。谓余曰："西原随本布（番人称官名）远行，谨以此不腆之物，永留纪念。"因顾西原言曰："汝若随本布出川，则天涯地角，相见无日。汝其谨护此物。异日见此物，如见吾面也。"言讫，声泪俱下。西原亦泣不可抑。余一再慰之，曰："此行但赴拉萨，相见有日也。"第巴及各喇嘛均来送行。余一一周旋已，即作辞起身。时部队均已出发，仅新兵队随余而行。

自德摩行两日，至脚木宗宿焉。喇嘛寺呼图克图，及加瓜营官彭错夫妇，均来送行。聚谈至初更始回。次日晨早出发。呼图克图

不腆：不丰厚，不富足。古代用作谦词。

感余德惠，执手依依，不忍离别。彭错与余尤契好，见余远去，皇皇如有所失。敬献酒呛，情致殷拳。余虽不能饮，亦勉尽三杯。彭错率其夫人双拜马前，泣曰："彭错老矣，无能为役。本布此去，重会何年？"泣不已。复执西原手泣曰："汝其善事本布。"赠藏佛念珠各一。余与西原亦含泪而别。后闻达赖返拉萨，按治交欢汉官者，皆杀之。彭错夫妇，竟寸磔而死。亦惨矣哉！

是日宿甄巴，范玉昆住此。玉昆娶甄巴番女，生一子，甫几日。余约其同行。玉昆因怜爱幼子，恐不胜塞外风寒，迟疑不决。余劝之曰："雪地冰天，携幼子远征绝塞，谁复堪此。但恐大军一去，藏番皆敌人，子身且不能保，又能保全幼子耶？"筹商半夜，不能决。翌晨出发，余再催之。玉昆曰："公先行。公在江达，必有数日勾当，我即携眷同来。"遂怅惘而别。

余住江达三日，玉昆犹未至。两函促之，初犹复函，支吾其词。后一函则杳如黄鹤矣。玉昆贵州省人，家寒微，有老母妻室，一子年十四岁。玉昆初以府经历分发成都，适我军入藏，玉昆乃慨然从军，为营部书记。亦欲资此为终南捷径也。与余交甚笃。因年老惮行役，每遇战事，皆留其在后。余则亲治军书焉。后子青由藏归，询玉昆踪迹。云自余去后，两月，即为番人所

　　任乃强先生注曰：先是，联豫既以罗长裿易钟颖。奏入，清廷不准。又请调钟任总参赞，与罗互易，亦不准。钟与内廷密电相通，既仗内势，愤留乌苏江不进。挺然与联豫及罗长裿相仇。留驻德摩及工布江达等处士兵，仍与钟颖款通。值罗长裿整军纪，锄哥老，失士心。官兵在哥老籍者，皆与钟通声息，仗为护主。罗之惨死，钟实授意焉。当兵变时，初皆云响应革命。罗既已死，首领人选，众咸属意陈渠珍。而哥老川兵，爱戴钟颖宽厚，不乐附湘人。故西进之际，行动思想，并极混乱。钟颖既尚存统领名衔，

杀。所娶番女及幼子，同时遇害。余年来与黔人往还甚密。每从问玉昆家属。有云其子曾毕业云南测绘学校，后亦不知所往。悲哉！良友不可见，其遗孤亦不知矣。不禁凄绝。

　　余抵江达时，各部尚未开动，终日纷扰不堪，拉萨来人甚多。密探渠辈意志，有主张革命者，皆官长职员，及少数部队。有拥护钟颖者，皆哥老会之流。其时联豫方由川领回军饷三十万，钟颖挟其撤职之恨，嗾使士兵拦劫于乌苏江，即拥此巨资，号召哥老会人，且劫钦署，幽联豫。子青入藏又久，无只字见告，余尤愤甚，虽革命派拥余甚力，然势力远不及哥老会之

遂待截劫饷款，借以号召乱军。故乱军纷往依之。钟乃部勒之称勤王军，西行入藏。幽联豫，勒藏人筹饷及乌拉，云将返川勤王。其主张革命之少数官兵，因陈渠珍逃去，群龙无首，亦多遂行入藏，依附钟颖矣。其后因钟军劫掠淫杀，无恶不为，激成藏人反抗。罗党之谢国梁等，亦组织士兵助藏人与钟军相攻。钟军终被缴械，逐出藏境。达赖自印度返藏。

盛。况钟已劫联,而以哥老会相号召。余又有革命之嫌。去则徒滋扰乱,予藏人以可乘之隙,有百害而无一利。乃决心出昌都。但秘密准备,不使川人知之。

余初抵江达之日,江达理事官石敏斋,设宴为余洗尘,意极殷勤。席间向余长跪请罪。余愕然,不解其意,疾扶之起,乃自述前过,亦文字之误,非有意中伤。余始忆在工布清剿时,文牍往返,石恒掣肘。且于联帅处多所指摘,查抄厦札一案,石竟谓余受贿少报。余愤极,曾向其科员大骂之。乃当前一语,事后辄忘。今石见藏局糜烂,余拥兵至,恐余未能释怀,故恐怖若此。

江达理事官石敏斋,设宴为余洗尘,席间向余长跪请罪

余乃温语慰之,曰:"前者之事,兄惑于人言,若以我为不可友也,而弃之。今吾释怨言好,相见以心。兄其许我为友矣。"遂一笑而罢。

余驻江达三日,见大势已去,无法挽救。乃决计回川。因约孟林君至郊外,班荆而坐,密询前进状况。孟林曰:"昨夜晚赵帅来札,以藏军叛变,已派兵三营来此防堵。公若出昌都,则误会滋大。宜熟筹之。"余亦颇以为虑。然进既不可,退又不能。再四磋商,惟有走青海出甘肃一路较为安全。但此路孟林亦不甚悉。闻有三路可至甘肃。其东西两路,沿边境行,人户不少。

掣肘:典出《吕氏春秋·具备》,比喻办事受牵制,不顺利。

班荆而坐:典出《左传·襄公二十六年》。楚国大夫伍举和蔡国大夫声子是好朋友,一次伍举犯事,逃到郑国,遇上了途经郑国的好友声子。两人把黄荆树条铺在地上当坐垫,一边吃东西,一边叙旧。后以"班荆道旧"等词形容朋友畅叙交情。

但道路行远，须行三四月方到。惟中路一带，平原沙漠，杳无人迹。青藏商人，恒往来于此。计程六十马站。行四十日到柴达木，即有人户，有蒙古包。由此经青海入甘肃境，不过十余日。沿途人烟更多。

余乃归，与兴武密商。兴武力主出青海。因言我军由波密出发，一人一骑，随军驼牛尚有百余头，兼程而进，月余即到柴达木，不宜迂道费时。余因边军将至，进退皆不可。遂决定遵此道而行，密嘱兴武清查人员粮秣，迅速准备，明日即行。

入夜，兴武来见，密报湘西籍及滇黔籍兵士共一百一十五

因约孟林君至郊外，班荆而坐，密询前进状况

人。其余川人，可临时遣回拉萨。牛马皆齐备。仅糌粑止余四十余驼，以六十日计算，欠缺尚多。今晚恐筹办不及矣。余计算粮食勉足一月。此去哈喇乌苏，沿途皆可增购，殊不足虑。遂决定明日诘早即行。令兴武密将此意告知随行士兵，严守秘密。

08　入青海

次日黎明前即起，整队出发。甫过桥，川人始有知者，群集桥边叩马相留，余反复陈述不能留藏之苦衷。众犹强留不已。余即辞别，匆匆而去。盖恐久留生变也。沿途景物不殊，而今昔异势。回忆波密之役，我死亡将士遗骸未收，魂羁异域。孰无妻子，读古人"可怜无定河边骨，犹是春闺梦里人"之句，不禁恻然心痛，泪潸潸下也。

是日宿凝多。清查人员，共官兵一百一十一人，皆一人一骑。余乘枣骝马。西原乘黑骡，随余左右者，仅马夫张敏，亦汉父藏母所生，藏人称为"采革娃"是也。藏娃一，为已杀波

本章叙陈渠珍一行误入人迹罕见的羌塘大草原，历经艰险，始达青海地界。

番招降营官贡噪之子，皆各乘一马。共一百一十五人。又驼牛一百二十余头，分驼粮食行李。

　　入藏两年，薪俸所入，积有藏币（每枚值银三钱三分）六千余元，皆分给士兵携之，亦虑多财贾祸也。有麝香一百七十两，满装一背囊，令护兵刘金声负之，随行。金声，成都人，年十七岁，在川即相随，又不愿入藏，故可信其无他也，殊余出江达之初日，宿凝多，竟未至。亦不知其何时窃身而逃矣。后张子青回家，言此子死也，初为乌拉番人所知，追金声，杀而取之。黑夜过江达，为士兵管带谢营兵士所知，派兵一排追及，夺回，杀十

乌拉番人：赶牦牛为人驮运货物的藏人。

余人。最后谢兵败，复落藏人之手。因争夺此物，互相杀戮，至数十人之多。黄雀螳螂，同归于尽，亦可叹矣。

由凝多改道北进，沿途居民甚多，帐房相望于道。每帐房牛羊数百成群。小山起伏，道路平夷，接近沙漠。时大雪纷飞，寒冷特甚。幸官兵乘马，日行七八十里，尚不觉苦耳。兴武以哥老会之力，颇能约束士兵，途中秋毫无犯，所至尚能相安。余每宿一地，即召地方耆老，询句青海道路。金以此路往来人少，多不熟习，仅能知其概略，与孟林所言相同。行七日，即至哈喇乌苏。

哈喇乌苏有河流，导源于卫藏布喀集达喀噶诸池，东流会索克河。番人呼黑为哈，呼山为喇或腊，呼河为乌苏。布喀诸池，水皆黑，又多流沙，其《禹贡》所云"流沙黑水"欤？二流来会，群山鼎峙，故以义名其水，即以水名其地。旧为达赖食采地，设有营官治理之。赋税所入，悉归私囊，而唐古忒政府不能过问。其地北为黑番，南为三十九族。西藏区域，到此为止。青藏游牧，至此则止。盖蒙古、青海、新疆、关陇入藏之总会处也。

余将抵哈喇乌苏时，遥见大平原中，有人户六七百家，市井殷繁，俨然一巨镇也。又有大喇嘛寺一所，华丽庄严。余窃喜此地人户繁盛，可以休息，补充粮食，再赋长征。殊行渐近，见

《禹贡》，《尚书》中的一篇，属于地志，是篇迟于《山经》，早于《汉书·地理志》，是先秦最富于科学性的地理记载。

哈喇乌苏，是蒙古语，不是藏语。蒙古话说哈喇，是指黑水；乌苏，指河流。西藏被蒙古统治过很久，所以很多蒙古语地名。这里说的哈喇乌苏，是指怒江上游的阿克河谷。哈喇乌苏台站，是当时西藏的重镇，常设重兵驻防。河谷中有不少农地，就是陈氏经过的地方。陈氏如果沿此河谷西行，就可以进入当拉岭官道，也就不至于后来迷路了。因为陈渠珍走错了路，行经之地都是常人很少走的路，所以很多地方现在都考订不出地名。

有番兵数百人，持刀枪夹道而立，阵势森严。余甚异之，乃停止队伍，遣舌人前往探询，并告知来意。良久，偕一喇嘛至，挥令我军速去，不许停留。时日色西沉，又无帐篷。计无复之，力白假道之意，往复磋商至再，方许一宿即行。指小屋三间栖止。番兵愈来愈众，四面围绕，禁止出入。复与磋商，乃许夫役四人出外取汲。然牛马饿不得食，聊以糌粑饲之。又出重价购糌粑一百包。彻夜戒备。

天明，知不可留，乃收拾起程。幸昨夜取水士兵，觅得一老喇嘛为向导。遂携之行。行约十余里，忽见番骑千余人，张两翼踵至。余行则行，余止则止。众愤甚，请战。余止之曰："既已通过，何必轻起衅端，妨我行进也。"又行十余里，番骑踵行如故。余乃择地停止。番骑亦停止。因聚众谋之曰："番人果有异图，昨夜何以不发。今我既前进，何以又复踵追。然番人狡诈难测，意者，我军猝至，调兵未齐，且惧我械利，故隐忍未发耳。今晨大兵毕集，始悉众来追。但相随二十余里，又未逼近者。是必别有企图，欲乘夜袭我。我不及时击破之，一入黑夜，四面包围，则吾侪无噍类矣。"遂决计先发以制之。

余乃分部队为三队，兴武率一队攻其前，余自率一队攻其

噍类：能吃东西的动物，这里指活着的人。典出《宋史·岳飞传》。当年岳飞要直捣黄龙府，而宋高宗和秦桧打算求和，一天下了十二道金牌圣旨命令岳飞撤兵。岳飞无法，只得撤兵。百姓见岳飞撤兵，都跑来牵着岳飞的马痛苦地说："我辈无噍类矣！"

左，余一队守护行李辎重，兼为后应。时右侧大平原中，帐房甚多，番骑皆下马入帐房中休息。兴武直前攻入。番众出，倚矮墙迎战。我军且战且进，逼进墙边。番众仍顽强抵抗。余乃绕出番兵左侧猛攻之。番众不支，始上马奔逃。我两路猛追，乱枪扫射，番人纷纷落死。追逐三里许，番骑去远。不敢深追，始收队回。番兵死伤三百余人，我军均无伤亡。搜索帐房，已空无一人，惟余粮食甚多。余急驱驮牛至，尽量捆载。整旅急行，不敢久留。

　　行四十余里，天将暮，至一地，帐幕零落十余处，有小喇嘛

番众出，倚矮墙迎战，我军且战且进

寺一所，遂止宿焉。晤一老喇嘛，与之语，甚谨厚。余因叩以番人见拒之意。喇嘛曰："是必以君等为拉萨叛兵也。活佛前过哈喇乌苏时，曾封存宝物甚多。恐君等劫之，故调兵严防耳。"余曰："彼果防我，则我既去，又何必追踵至数十里。恐意尤不止此也。"喇嘛笑曰："是或有之。彼等见君等畏葸而去，或更得寸进尺，欲乘夜相图，亦未可知也。"又询前进道路，喇嘛曰："此去行三日，即入酱通沙漠，无人烟也。"余复问："闻此去月余，即达甘肃，信否？"喇嘛曰："此路行人甚少，但闻程途甚远，非一月可能到。"余颇讶之。

藏军作战，自知火力不如对方，不敢轻易开火，而又不得不防堵，而防堵的方法，极其滑稽。据荣赫鹏行军日记："英军与藏军初度接触时，见藏军剑拔弩张，以为必先开火。因待其先开火故，逐步进逼，皆未放枪。殊已达两军混立之际，藏军尚未开火。直待英军下令解除藏军武装，已经实施时，藏军官始发怒，拔手枪击杀英兵一人。数分钟内，战斗即告结束。"当时藏军作战通常都是这种状况。此次藏军之跟踪不舍，可能只是派队监视，并不是想乘夜劫杀。可惜语言不通，最终酿成惨祸。

归再细询向导喇嘛，喇嘛曰："我九岁入甘肃塔尔寺披剃，十八岁随商人入西藏。今磨牛重践，已五十年矣。前途茫茫，不能细忆。尤记曩随商人行，两月余方到哈喇乌苏。然尔时正值初夏，气候温和，旅行尚易。今则天寒地冻，行期恐难预定矣。"余闻之，爽然如失。但既已至此，官兵乘马行，较步行为速。至多亦不出两月，定可到达。复令兴武清算粮食。每人尚有糌粑一百三十斤，可供九十日之食。遂安心前进。从此行三日，均无人烟。仅第二日途次，见右侧山沟中，有帐房三四处。其余一带黄色，四顾荒寂而已。

披剃：指出家为僧尼，因出家时须按佛教戒律剃除须发、身披袈裟故称。

磨牛：转磨之牛，比喻愚鲁。

第三日，至一处，天已不早。见山谷中有帐房十余处，因向其借住，坚拒不纳。士兵强入，彼辈不许，竟持刀扑杀。士兵大怒，毙其一，余始逃去。余闻枪声，止之无及矣。因戒士兵后勿复尔，恐激怒番人，祸不浅矣。于是鸠居鹊巢，聊避风雪。翌晨出发，喇嘛曰："从此入酱通大沙漠矣。"弥望黄沙猎猎，风雪扑面，四野荒凉，草木不生。时见沙丘高一二丈，近在前面，倏而风起，卷沙腾空，隐约不可见。逾十余分钟，则空际尘沙，盘旋下降，又成小山。余等初颇惊骇。喇嘛曰："旋风甚缓，马行迅捷，可以趋避也。"沿途无水，取雪饮濯。马龁枯草，人卧沙

这里说的酱通沙漠，就是"羌塘"。藏语，北方称作"羌"，或译"张"，或译"绛"，各种都有。荒原称作"塘"，或译"坦"，或译"通"。理塘县的塘，也是指荒原。科学的解释，是指康藏高原之顶部，一般为海拔四千米以上，浅丘浅谷错列之地。冬季皆雪，夏季野草丛生，春秋两季甚短。随处有水泉河湖，或沮洳沼泽。因为夏季很短，草量很少，不适合作为固定牧场，所以牧民极少。汉人通常就称之为沙漠。《唐书·吐谷浑传》，称为"碛尾"，就是说它类似沙漠。其实并不是沙漠。

场，风餐露宿，朝行暮止。南北不分，东西莫辨。惟喇嘛马首是瞻而已。行十余日，大雪纷降，平地雪深尺许。牛马饿疲难行。士兵恒以糌粑饲之。清查驮粮，原可支持三月，今已消耗过半。因力戒士兵勿再以糌粑饲牛马。终不可止。

余所购彝贡枣骝马，自卡拖出发，即乘之行。经过树枝、央噶、京中三大山。他马则行行复止，鞭策不前。惟此马健行异常，勒之稍息，亦不可。余始异之。及由江达出青海，余仍乘此马。西原则乘余之大黑骡。入酱通大沙漠后，无水草，众马皆疲惫。每登一小山，亦须下马牵之行。独此马登山时，昂首疾行，

山沟中，有帐房三四处。其余一带黄色，四顾荒寂而已

不可勒止。众咸异之。乃知波番称为龙驹，确非虚语也。

一日途次，见沙碛中尘沙蔽天，远远而至。众颇骇然，停止不敢进。有顷，行渐近，隐若有物长驱而来。喇嘛曰："此野牛也。千百成群，游行大漠。大者重至八百余斤。小者亦三四百斤。每群有一牛前导，众随之行。此牛东，群亦东。此牛西，群亦西。遇悬崖，此牛坠，群牛尽坠，无反顾，无乱群。大漠中野牛甚多，再进则日有所见矣。但性驯善，不伤人。见者无害。惟遇孤行之牛，性凶猛，宜远避之。"众曰："若遇孤行之牛，我有利枪，何畏焉！"喇嘛曰："牛革厚而坚韧，除两胁及腹部外，

任乃强先生注曰：沙丘与旋风，为蒙古、新疆真沙漠中之产物，此草原中无之。此节所传喇嘛谈沙丘迁移事，当是谈蒙古沙漠，陈误记入此耳。藏人所称之羌塘（酱通）包括西藏北部与青海西南部地方。此带无沙丘。即陈氏此记，亦始终未见有沙丘也。

恐非君等枪弹所能洞穿也。"言次，群牛横余等奔驰而过，相距仅二里许。行十余分钟始尽。念之，不觉悚然。

入酱通大沙漠后，终日狂风怒号，冰雪益盛。士兵多沾寒成疾，或脚冻肿裂。因粮食日少，相戒不许再以粮食饲牛马。每宿营时，牛马皆纵之郊外，以毛绳拴其后，两足相距六七寸，听其跛行龁草，防远逸也。一日晨起收马，则余枣骝马竟不知何往矣。一望平沙无垠，踪迹杳然。士兵侦寻甚远，皆无所见。曷胜叹息。西原乃以所乘黑骡给余乘之，自乘一劣马以行。经六七日后，途遇野骡数百成群，余枣骝马也在焉。余见而大喜。野骡见

群牛横余等奔驰而过，相距仅二里许。行十余分钟始尽

人不避，且行且前，或也疑为其同类也。士兵连发数十枪，毙野骡五。余枣骝马，遂随群奔逃，顷刻即杳。马入骡群，优游自在，诚得其所。余则孤凄一人，踽踽独行，诚马之不若矣。怅望久之，神为之伤。

余等初入酱通大沙漠，喇嘛尤能隐约指示道路。有时风沙迷道，则望日，向西北行。既而冰雪益大，天益晦暝，遂不辨东西南北矣。士兵不时呵责喇嘛。余屡戒之，恐喇嘛一去，更无处问津。然每至迷途处，部队停止以待，喇嘛登高，眺望良久，始导之行，行不远，道路复迷。初向东行者，旋又转而向北。喇嘛

途遇野骡数百成群，余枣骝马也在焉

亦歧路兴嗟，无可如何。于是士兵益怒，呵责之不已，竟以枪击之，或饱以老拳。余亦无法制止矣。

一日宿营后，余从容问喇嘛曰："平沙漠漠，何处是道？子既经过此地，必有山水可为标识者。子其细忆之。"喇嘛沉思良久，曰："由此过通天河，再行数日，即有孤山突起于平原中，地名'冈天削'。我曾在此休息二日。山高不过十余丈，有小河绕其前。又有杂树甚多。沿河行八九日，渐有蒙可罗（番人毛毡帐幕）。再行十余日，即至西宁。沿途蒙可罗甚多。"余乃多方安慰喇嘛。又复婉言劝戒士兵。次日，仍随喇嘛前进。复行甚久，

于是士兵益怒，呵责之不已，竟以枪击之，或饱以老拳

道路仍复渺茫。粮食已罄尽矣。日猎野骡野牛，或宰杀驮牛以为食。然大雪时降，沙为雪掩，野兽皆避入山谷中矣。众议休息一日，共商后事。

商之至再，令兴武清查人员牛马，计士兵死亡外，尚有七十三人。牛马不时宰杀，及夜间逸失，只余牛马各五十余头。日需二头，只可供半月之粮。众以粮食告匮，惟宰杀牛马代之。凡行李非随身所需，则并焚之。于是尽聚行李于一处焚之。余与西原，仅留搭袋一，薄被一，皮褥一。西原将其母所赠珊瑚塔什袭珍藏，自负以行。于是左负搭袋，右负薄被，腰系连枪。余则负皮褥,佩短刀而已。从此昼行雪地,夜卧雪中。又无水濯,囚首垢面,无复人形矣。每夜寝时,先令僵卧地上,以左肘紧压衣缘,再转身仰卧,蒙首衣中,一任雪溅风吹。次日晨起雪罩周身,厚恒数寸。亦先转身偃伏,猛伸而起,使身上之雪尽落,以免粘着皮肤,致起肿裂。幸沙漠中积雪虽深,然雪一去则地上枯草如毡,且极干燥。

自江达出发时共一百一十五人,牛马二百四十余头。此时已死去四十二人,亡失及屠杀牛马一百九十头矣。粮食将罄,食盐亦已断绝。淡食既久,亦渐安之。缘大沙漠中,几无日无冰雪。

西原左负搭袋,右负薄被,腰系连枪。余则负皮褥,佩短刀而已

寒冷既甚，凡野肉割下，经十分钟即结冰成块，其质细脆，以刀削之，如去浮木。久之，淡食亦甘，不思盐食矣。非如内地生肉，腥血淋漓也。

自焚装杀马后，道路迷离，终日瞑行，无里程，无地名，无山川风物可记。但满天黄沙；遍地冰雪而已，每日午后三时，即止宿焉。分士兵为六组：以一组敲冰溶水；一组拾牛马粪，供燃料；一组发火；一组寻石架灶；一组平雪地，供寝卧；一组猎野兽为食。盖大漠中雪含尘沙，不可饮用，须敲冰溶化为水。冰坚，厚一二尺，取之甚难。每组七八人，敲甚久，始得一二袋，回则满盛锣锅中，用干粪烧溶，化为冷水饮之。燃料纯恃干粪。幸所在皆是，为雪掩盖。掘雪尺许，即得之。每日约须十余袋。沙地无石，又非石不能架灶，须傍山边觅之。得拳石六七块，费时甚久。遍地雪深尺许，先揉雪成小团，多人辗转推移之，愈裹愈大，往复数次，则雪尽平地见矣。雪下之地颇为干燥，人即栖宿其上。野牛数十成群者甚多，射杀之甚易。野骡尤驯善易得。有一日得数头者，有间一获者。众既恃以为养命之资，故一宿营，即派多人出猎，以供餐食。此组人员，均选体力强健，枪法娴熟者，擎枪佩刀而往。

敲冰甚久，满盛锣锅中，用干粪烧溶，化为冷水饮之

初入大漠时，均携有火柴。因沿途消耗甚多，及粮尽，杀牛马时，火柴仅存二十余枝矣。众大惧，交余妥为保存之。每发火时先取干骡粪，搓揉成细末。再撕贴身衣上之布，卷成小条。八九人顺风向，排列成两行而立，相去一二尺，头相交，衣相接，不使透风。一人居中，兢兢然括火柴，燃布条，然后开其当风一面，使微风吹入，以助火势。布条着火后，置地上，覆以骡粪细末。须臾，火燃烟起，人渐离开。风愈大，火愈炽，急堆砌牛粪，高至三四尺，遂大燃，不可向迩矣。于是众乃围火坐，煮冰以代茶，燔肉以为食。食已，火渐尽。以其余灰布满地上，俟

任乃强先生评点曰："此段写开始陷入艰难之际，情景逼真，如读影画。使曾经冬季穿行荒原者阅之，狂笑之余，抚然惨沮，也正如身历其境，遭此艰难也。或疑陈氏三十年后回忆之作，必有附会增益，过情描写之处。余谓如此遭逢，不惟三十年不应忘却，果使灵性不昧，则虽千百劫，亦不能写来如此真切，如此细致，如此动人。"

热度已减，众即寝卧其上。既能去湿，又可取暖也。

行雪地久，士兵沾寒，肿足，不能行。日有死亡。初尤掘土掩埋，率众致祭。继则疾病日多，死亡日众。死者已矣，生者亦不自保。每见僵尸道旁，惟有相对一叹而已。

余等由江达出发时，皆着短袄，裘帽，大皮衫，穿藏靴，内着毛袜。行沙漠久，藏靴破烂，则以毛毡裹足而行。行之久，毛毡又复破烂。于是皮肉一沾冰雪，初则肿痛，继则溃烂，遂一步不能行。牛马杀以供粮，无可代步。途中无医药，众各寻路逃命，无法携之俱行，则视其僵卧地上，辗转呻吟而死，亦无可如

八九人顺风向，排列成两行而立，一人居中，兢兢然括火柴，燃布条

何矣。余过雪沟时，稍不慎，右足亦沾雪肿矣。西原恒以牛油烘热熨之，数日后，竟完好如初。计焚装杀马后，又病死十三人。足痛死者十五人。经病随军跛行者，尚有六七人。

又行数日，至一处，日已暮。忽见大河。喇嘛曰："此通天河也。"时已腊月三十日，众大喜，以为此去冈天削不远矣。共议明日为元旦。在此休息一日，杀马为食，兼猎野兽。遂就河岸止宿。次日晨，早起，见河宽二十余丈，无竹木可结舟筏，无桥梁可为津渡。幸时已岁暮，河水结冰。乃踏冰过河。岸旁立有界牌，高约三尺，宽尺许，上刊驻藏办事大臣青海办事大臣划界

通天河即金沙江上游的穆鲁乌苏河。

"冈天削"，即巴颜喀喇山脉中之昆仑山口。"冈天削"应该就是两峰间的通道处，也就是现在说的昆仑山口。此地以北，是柴达木盆地，是蒙古族游牧的地方。不过陈渠珍他们这时还在金沙江流域以南的玉树草原西部。玉树二十五族，其中有一族叫作"玉树族"，游牧于穆鲁乌苏河上游高地。其地极辽阔，寒而乏草，所以人户极稀，冬季则集处于河谷下部。陈氏等人应该是在无人的高原顶部行走。如果能碰到一条河谷，顺河谷往下走，就可以到达藏人的牧场，而不致陷入绝境，可惜其随行诸人，均经验未丰者。

处。喇嘛曰:"大漠无石可采,此石乃取自江达,用两牛运负而来,费金数百。昔过哈喇乌苏时,我曾亲身见之。"

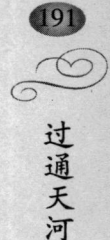

09 过通天河

通天河，一名穆鲁乌斯河，为扬子江上游，导源于巴颜喀喇山，素称青海要津。今则一片黄沙，渺无人迹。是日，复询喇嘛："此去冈天削尚需几日？"喇嘛初言止需十日，复又言需时半月。众以其语言矛盾，责之。喇嘛默然。兴武曰："此去冈天削，料亦不远。但牛已杀尽，马亦只能供数日之食。疾病又多，徒步蹒跚，再入歧途，即无生理矣。不如先选强健者数人前进侦查。余皆留此出猎，多储野肉，以为粮食，不亦可乎。"众咸韪之。乃决定兴武选十人前发，余留后以待。约十日为期，即行回报。议定。

本章叙陈渠珍一行过通天河，寻找冈天削，在迷途艰难求生。

是夜，兴武以糌粑一杯馈余，重约二两。余即煮水二锅，邀众分饮之，藉以度岁。呼喇嘛久不至，初不疑其有他也。次晨，兴武等出发，再寻喇嘛，不知所在。始知昨夜已亡去矣。极目平原，绝难远窜。意者，畏士兵之暴虐，乘夜逃走。荒郊多狼，喇嘛年老独行，定果群狼之腹矣。为之感叹者再。余等既处绝地，复失导师，惟有静待兴武佳音之至而已。

到通天河时，死亡又约十余人。兴武既去，所余仅三十余人。乃逐日分班派出行猎。西原强欲随行，冀有所获，以延残喘。余亦听之。至晚，妙手而回，一无所得，西原曰："连日大雪，野兽定匿谷中。我明日再往，必有所获。"余急止之曰："可以休矣，士兵分途而出，如有所获，我可分食。汝何苦冒险如是。"西原泣曰："士兵所分几许，命在旦夕，尚何所惧。君如肯行，明日偕往如何？"余见其意甚坚，乃许之。次晨，士兵尤未起，西原即呼余同出。斜行约二里，入山谷。西原行甚速。闻砰然一声，余前视之，竟毙一野骡。西原方取刀割其腿上肉。余止之曰："割肉几何，不如取其两腿曳之归。"西原极称是。乃截两腿，以带系之，牵曳回。中途来士兵数人，令急往山谷取其余肉，免为狼噬。

既归，西原已汗涔涔下矣。嘱余小心看守，复匆匆去。负牛粪一包至。操刀割肉，为多数方块，以通条穿之，燃之烘热。谓余曰："有如许干肉，可供十日食矣。"是日，士兵亦获野骡、野羊、山兔甚多。皆仿西原法烘干之。次日，复降大雪。士兵连日出猎，皆无获。

从此雪益大，深二尺许，所存野肉，行将告罄。士兵日有死亡，转瞬十日矣。兴武尚无音耗。越日，雪住，天忽开霁。余曰："前途佳音，恐不可望。久守何益，不如前进。"众以为然。次日复行。沿途野兽匿迹，终日无所遇。仅不少野兔，挺而走原,费弹甚多,仅获四五头,亦杯水车薪也。断食已两日矣,饿甚。所储干肉,仅余一小块。以其半分西原食之。西原坚不肯食。强之再,泣曰:"我能耐饥,可数日不食。君不可一日不食。且万里从君,可无我,不可无君。君而殍,我安能逃死耶。"余则泣下。"天下可无洪,不可无公"之语,不图于藏族女子中亦见之。痛哉。士兵亦饥火中烧,惫不能行。复休息一日。

次日午,闻士兵喧哗声,余往观之。则士兵杨某,昨晚死于道旁。今日,众饥不可耐,乃寻其遗骸食之。殊昨晚已为狼吞噬几尽,仅余两手一足。众取回燔之,因争食,詈骂也。余闻而泣

殍(piǎo):饿死,饿死的人。

天下可无洪,不可无公:三国典故,语出三国的曹洪。曹洪是曹操的堂弟,曹操起兵讨董卓,至荥阳,为卓将徐荣所败,情势危急,曹操对曹洪说:"吾死于此矣,贤弟可速去!"曹洪大吼:"天下可无洪,不可无公。"步行护送曹操逃出。

燔(fán):烧,烤。

詈(lì):骂。

下，婉劝不止，乃诳以"前方已获一野骡，何争此多少为"。言未竟，果来一士兵，报射得三牛。时众皆饥饿奄奄一息。至是，精神焕发，皆跃起随之往。至则群狼方争噬，几去其半矣。众急开枪，毙一狼，并舁之归。众皆饱餐尤有余肉，分携之，以为次日之需。

众得野牛饱餐后，复前进，又行二日，未遇野物。前日所携肉已尽，众复恐慌。午后止宿，得一野羊。众分食之，尚难半饱。有刘某，年五十余，湖南籍，任江达军粮府书记，仓猝追随返川，亦附余行。时冰雪凛冽日甚，士兵绝食两日，四出行猎，

所储干肉，仅余一小块，以其半分西原食之，西原坚不肯食

皆空手回。饥甚，无可为计，乃密议欲杀余随身藏娃，以延残喘。托刘一言。余曰："杀一人以救众人，我何恤焉。只是藏娃肉尽骨立，烹之难分一杯羹，徒伤同伴，奚益于死。"乃止，入夜，众复乘月色，擎枪入山行猎。深夜始归，获野羊四，野兔七，分肉生食，始稍果腹。

次日复行，除沿途死亡，仅存二十余人矣。复疲惫不堪。双目又为风沙所吹，多赤肿，视物不明。日行三十余里即宿焉。昨晚猎归，已夜深，故晨起甚迟。出发时，余因事令众先行，余行稍后。初犹见士兵远远前进，转过山阜，即人影依稀。又行十余

众取回燔之，因争食，詈骂也。余闻而泣下

里，踪迹遂杳。即张敏及藏娃亦前进无踪。仅西原一人随余，踽踽而行。再行七八里，天已昏暮，四顾苍茫，不能再进。遂就沟中宿焉。既而狂风怒号，无数野狼，嗥鸣甚急，时远时近。西原战栗欲泣，力请趋避。余至是，亦以必死自期。因极力慰之曰："黑夜迷离，道路不辨，将何之。恐一行动，狼见人影，群集扑噬，即死在目前矣。不如静卧沟中，狼未必即至。倘此身应饱狼腹，又岂子身所能避耶。"乃布褥地上，与西原同坐。覆以薄被。西原握连枪，余持短刀以待之，因戒西原曰："狼不近十步，慎勿开枪。"既而风号狼嗥益急。隐约见群狼十数头嗥鸣而

既而狂风怒号，无数野狼，嗥鸣甚急

至，相去不过丈许，无何，又越沟去。时余与西原饿疲已极，不知何时，竟同入睡乡矣。

凌晨，西原呼余醒，天已微明。幸刀枪尤在手中，余笑曰："险哉，此一夕也！"西原曰："我夜梦在家中后山，为狼所逐。足折，老母负我奔。骇极而醒。亦胜似此一夕惊也。"余曰："此疑心致梦也！"遂同起，收拾被褥，出沟，循原来道路行。但见前途苍茫无际，不知何处是道。行行复止，默念："兴武一去不回，今又与众相失。独余与西原，孑身行。连枪短刀之外无长物。幸而遇野兽，既非人力所能敌。又不幸再延一日不得食，又不与众遇，惟饥卧荒漠，有死而已。"西原知余意，亦长叹曰："从此愈行愈远，茫茫前途，吾侪无葬身所矣。"余曰："昨日众行未远，不难寻获。汝勿忧。"言次，忽见道旁有子弹一枚，已沾泥沙，似久遗之物。因拾告西原曰："杨兴武必从此道。否则无此物也。"西原亦喜。

复前行里许，西原时时回顾，若不忍去，忽大呼曰："后面有人来矣！"余回视之，因目眴，无所见。伫视久之，果见二人，缓步来，渐行渐近，乃马夫张敏也。余不禁狂喜，张敏提一布袋，见余，大哭曰："我等中途遇骡百余头，驱入山沟。久候

人在雪地中行走久了，大量日光自雪面反射到人眼睛里，长时间会导致"雪盲"，也即是文中所说的"双目为风沙所吹，多赤肿，视物不明"。西原是西藏本地人，相对比较适应，所以能望见后面有来人。

公不至，众数派人出寻，均未见。我今晨黎明前，即来寻公。"言已，哽咽不成声。手探布袋，出热肉一块，重约二三斤，云："公速食此，即始同回。"问："众在何处？"张敏遥指左翼山沟中，微烟起处，曰："即此是也。"余细观之相去不过三里而已。余正饥苦，得肉，即与西原分食之，立尽。乃偕同归。至则众方切肉炒食，见余至，悲喜交集。余见地上陈兽肉甚多，询知昨日得野骡七头，足供十日之粮。乃与众会商："如许骡肉，既难负之以行。不如尽一日休息，烘成干肉。则一人可负数日之食。仍沿途行猎。如能日有所获，则留此以备不时之需，更佳。"众皆以为然。遂四出搬取牛粪，烘骡肉，以为行粮。次日，休息一日。晚间清查，每人约有干肉十斤。遂决定明日续行进前。一夜安息。翌日，诘早出发。饱食之后，复得休息，众精神复振，不似前此之颓丧矣。

瞑行七八日，干肉将尽，又不遇一兽。于是众又大起恐慌。因忆喇嘛言，过通天河行十余日，即至冈天削。遂日日悬诸念中。见一小阜，以为至矣。近视则非。见一小山，以为至矣。近之又非，日复一日，望眼为穿。在内地几无处无山阜。一入大漠，求一山一阜，亦渺如蓬莱三岛、印度灵山。可想象而不可企

见一小阜，以为至矣，近视则非

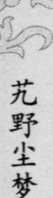

及矣。伤哉。

　　又行两日，忽见一山，高十余丈，形如掌。下有清泉，傍山而流。水边小树丛生，高仅尺许，细叶粗干，蒙茸可爱。番人称为油渣子，可取为薪。谛视良久，又非喇嘛所言冈天削也。颇失望，尤幸此地既有山水，则去冈天削当亦不远矣。余等众即就此止宿焉。自入酱通大沙漠后，一片黄沙，万年白雪，天寒地冻，风怒狼嗥，至此，则有山有水，别似洞天。依山为蔽，可以栖息。乃伐薪取暖，猎兽疗饥。是时，火柴止存一枚，士兵生存者，仅十七人。乃分三组，早晚出猎。时众饥甚，望食甚殷。乃

忽见一山，高十余丈，形如掌。下有清泉，傍山而流

候至日中,始回一组,空如也。众皆行愁坐叹。余慰之曰:"尚有二组未归,岂均一无所获耶。"少顷,余二组先后回,仅获野兔四头。众生啖之,勉充饥腹而已。

次日,众复出猎。留士兵杨正奇看守行装。正奇见余瞑坐不语,若不胜其愁者。因含泪向余言曰:"长安路远,玉门关遥,盲人疲众,夜半深池,吾侪其殆于此矣。"余不觉凄然,西原知余意,因为壮语慰之曰:"时已季春,天气渐暖,死亡虽众,我辈犹存,是天终不我绝也。况三月程途,已行五月之久。所未达者,亦一篑耳。倘能贾此余勇,奚难到达彼岸。吾人生死,有命

西原为壮语慰之曰:"时已季春,天气渐暖……"

在焉。何自馁如是！"余闻西原语，颇自感愧。岂真女子之不若耶。遂奋然而起。忽觉胸襟开朗，烦愁顿除。盖否极泰来，机已先动。虽犹未逢坦途，亦自暗伏佳兆也。

亭午时，众猎归，均无所获。余无奈，登山眺望，冀有所见。乃饥火中烧，步履甚难，强而复登。观望良久，忽见数里外隐约有物屹立平原中，颇疑之。急下山，令众往寻之。皆惫极，不欲往。余强之行，彳亍至其地，则庞然久僵之野牛头也。高约五尺，大亦如之。其死也，亦不知历时几千百年。大漠奇寒，久而不腐。风吹日炙，遂自僵枯。狼牙虽利，终不能损此金刚不坏

油渣子：桠桠柴，这种柴禾，藏语叫"茨里"，汉语叫"油渣子"，就像在油里泡过一样，见火就燃。它既沥水又透气，在野外露宿可铺在地上当床，有些地方修喇嘛寺，高墙顶端都要码一层厚厚的"油渣子"。高原特有，可提取芳香油。

任乃强先生注曰：野牛头大如此，革坚如此，则谁人砍堕此地。颇难置信。余曾读藏人史籍，布肉列吉传云："龙昂篡位，以王后为马牧。后于牧马处，梦与耶拉香拉波山神交，产一掌大血团，微能摇动。口目均无。遂置入温暖之野牛角中，束裤两脚以掩

之躯壳，故巍然独存。殆将留此以供余等穷途之大嚼也。然其头笨重，摇撼不易。仓促间又无法支解。乃竭十余人之力，推挽至山下，堆积柴薪燔之。且频频浇水。经三小时，唇皮离骨寸许。他处仍不可拔。又以数人更番敲剥，得八九块，巨如掌。以大火煨之，经两昼夜，始稍柔软，可施刀斧。皮厚二寸许矣。作金黄色。饥不择食，味较鲜肉尤佳。幸此三日来，又获野牛、马各一。众已饱餐，尤有余肉，即将煨熟唇肉留之，以为行粮。翌日晨，仍向前进。

之。数日往视，出一幼婴，名之曰降格布肉列吉。义犹角中降生之子也。"初疑角洞中安能育一婴儿。以为藏文含义，或有别解。反复绎之，义皆如此。足见野牛头角确有甚巨者。查兕虎之兕字，与犀有别，而同属牛类，体巨革厚，古以传之。而曾见某笔记中（似为西征日记）云阿咱海子中旧曾见兕，体形极巨。是犀为热带沼泽产物，兕为高原沼泽产物。陈氏所见，盖兕首，昔猎人得，取革以去，遗其首于此。因其革厚，不为狼所咽吞，地寒，又未腐烂耳。

10　遇蒙古喇嘛

又行三日，携带之粮又尽。众饥甚，途次获野牛一头，去皮生啖之。竭蹶行十余里，突见人马甚多，从后至，众颇惊疑，伫视之，则喇嘛七人，策骑款段而来。又有骆驼四头，高大异常，无识之者。喇嘛忽见余等，亦颇骇异。近前询之，皆下马，操蒙古语。初不解，乃以唐古特语相问答，始知喇嘛皆蒙古人，久住拉萨奢色寺，近以藏中兵变，达赖调兵围攻，战争即在目前，故弃藏而归。遂同行，十余里宿焉，喇嘛携有帐幕，到地即架设。且赠余等幕房二，约余至其帐内坐谈。询知余等皆西藏陆军，携有利械，又为避乱而出之，极为尊崇。出面食果饼款余，赠余细

众颇惊疑，伫视之，则喇嘛七人，策骑款段而来

糌粑一小袋，白粮一包，骆驼二头。又许赠士兵糌粑两包。余既得饱餐，又有骆驼代步，穷途拯救，仙佛慈悲，垂死鲋鱼，或不至再困涸辙矣。众以死里得生，咸狂喜，请休息两日再行。余商之喇嘛，亦同意。

次日，喇嘛过余帐中坐谈。余询以："此行同至何处即分道矣？"喇嘛曰："与君同行四日，即分别矣，君由此行前进，约月余，至盐海。过盐海，沿途渐有蒙古包。又行七八日，至柴达木，乃塞外一巨镇也。由柴达木至西宁，不过十余日，沿途蒙古包甚多。且汉人在此贸易者亦甚夥。"余曰："前方是否沙漠地？

本章叙陈渠珍一行在迷途中劫杀蒙古喇嘛事。

内蒙古、青海西北部、新疆东部各地都有蒙古人，蒙古人信奉喇嘛教。而作为喇嘛，都要留学拉萨，内外蒙古人往来藏地都要经过西宁、湟源。陈渠珍遇到的蒙古喇嘛，如果是内外蒙古人，恰好可以一同到达湟源、西宁，然后分别。如果是青海境内的蒙古喇嘛，也可以同行到柴达木盆地，不至走了四天就分别，因为青海蒙古的帐幕冬季都在柴达木盆地。如果是新疆境内之喇嘛，则不走这条路。就是走这条路，也必经过柴达木盆地的南边，正好可以与陈有无道路？"喇嘛曰："前方皆平原草地，时有山岗起伏，非如前此之一片黄沙也。但君宜谨记：如遇歧路，宜向西北走，勿向东行，自无舛误。我十年前曾一度赴西宁塔尔寺，沿途停住，为番人讽经，故于此道尚能记忆也。"余极表感谢。

余生长泽国，虽耳闻骆驼之名，究不识骆驼为何物。至此方知喇嘛所乘，即骆驼也。昔读唐史，见哥舒翰开府西陲，扬威边塞，遣人奏事，乘白骆驼行，从西域城至长安，万里之遥，兼旬即至。询之喇嘛，喇嘛曰："白骆驼不常有，惟灰色者遍地皆是，凡行沙漠地，非此不可。以其足宽如掌，踏地不陷落。能负

氏一同到盐海附近有蒙古包的地方。可能因为喇嘛在拉萨时曾见汉军放肆抢劫蹂躏佛教徒，而且陈渠珍等又携有利械，饥困已久，怕有什么意外，所以托词告别。后来喇嘛两次听到枪声都惊讶追问，可见喇嘛的警惕心理。

哥舒翰（？—757.），唐朝将领，世居安西（今新疆库车），是西突厥哥舒部落人。他威震塞外边陲，《唐诗三百首》中有五言绝句《哥舒歌》："北斗七星高，哥舒夜带刀。至今窥牧马，不敢过临洮。"

重五六百斤，又能耐久，能耐渴。沙漠极缺水，则杀之，取其胃中藏水以度命。君等行近盐海边，即非骆驼不能行也。"

喇嘛回蒙，余等度陇，分道扬镳。然前进月余，始有人烟，则茫茫前途，覆辙重蹈，颇为忧惧。乃商喇嘛，约其同行至盐海，再分道回蒙。喇嘛曰："我仓卒出藏，携粮无多，今又分赠君等不少，倘迂道太远，中途无可采购，则殆矣。"余终以前进尚远，恐又迷道，复与喇嘛计议，忽闻邻帐枪响。喇嘛大惊，问余何故。余亦惊惧，不道所为，答以："勿虑勿虑。"急出帐视之，乃兵士严少武为同伴谢海舞枪毙矣。余亦不敢穷诘，但委婉向众言曰："吾侪万死一生，甫逢喇嘛，道无迷失，众获安饱。倘因细故自相残杀，使喇嘛惊惧，弃我而去，则盲人瞎马，不由自寻死路。"言已，不觉泪下，众亦无语，复至喇嘛帐内，饰词告之曰："适间士兵擦枪不慎，致伤一人，幸伤甚轻微，已为敷药，当不致死也。"喇嘛始安，复谈移时，告别回帐。忽谢海舞汹汹至，挟其枪杀严少武之余威，密谓余曰："我等行囊仅藏币六百余元，纵达西宁，而乡关万里，旅行何资？喇嘛携资甚富，不如劫而杀之，留其一仆为向导，行则资其骆驼，归则资费藏元，公以为然乎？"余闻谢言，如晴天霹雳，气结不能

任乃强先生注曰：陈氏所率之人，入羌塘（酱通）后野处兽食，久已失却人性。一旦获遇蒙古喇嘛，恰是穷极无聊之时，获得意外舒快，故谢海舞等兽性勃发，陈亦不面制也。此时，钟颖率到拉萨之士兵，亦正演为暴乱惨剧，与此间谋杀蒙古喇嘛事，如出一辙。而其走入自杀途径，亦正相同。先是波密乱军溃入工布后，经钟颖拥饷相召，附集如蚁，钟乃改称勤王军，率赴拉萨，逐联豫，据扎什域汉军营房，逼迫商户等筹饷十万两，乌拉五千头，云将返川。藏人利其速去，已筹交六万两，乌拉齐集，官兵既得

语。久之，始诡辞答之曰："子所虑甚是。但喇嘛一行七人，皆体力健壮，吾侪人数虽倍之，未必即能取胜。况喇嘛待我等有恩，岂可负人！至于资用短少，到达西宁后，我可力为筹措，不足虑也。"谢默然退。余至是，坐卧不安。复密召纪秉钺至，乃以谢言告之，曰："知其事否？"秉钺曰："此事毫无所闻。"余叹曰："喇嘛生死人而肉白骨，我负心劫杀之，世有鬼神，岂能容？世无鬼神，亦安忍？子宜劝戒诸人，慎勿为此。"秉钺久去不回，余忐忑不能睡，步出帐外，闻弄兵器声，及喁语甚急。余又虑其反戈相向，乃入帐，持短刀，拥被而坐。久之，语声寂

多金，不肯行。日夜淫赌，一掷巨万。负博者不甘抄手，则劫掠市民。兽性一发，如水溃堤，淫掠屠杀。骚乱全市，市民既空，则围劫色拉寺（三大寺之一）。终被寺僧逆袭击溃。于是藏民揭竿群起，扑逐乱军。乱军困守数月，竟出营缴械被俘，押逐出境。时为民国元年春季。此不幸之蒙古喇嘛，盖曾亲见之也。避地来此，仍死于劫杀之下。而劫杀之者，亦仍与拉萨之暴乱军人同归自杀。亦可哀矣。

然，余亦倦极而睡矣。

次日，拔幕行。众无一语。方幸劝告有效，众已不作是想矣，殊行约三四里，忽谢海舞等六人，向山边飞奔，依土坎，开枪向喇嘛猛射。继而后方枪声亦起。时喇嘛乘骆驼前行，余与西原在最后，兵士居中，喇嘛闻枪声，回首厉声问余何故。余惊惧不能答，喇嘛即就鞍上，取出十三响枪，向山边回射。其随从亦各出步手枪射之，枪皆先已实弹，似早已有备者。一时枪声大作。喇嘛中两枪，倒地而毙。又毙其随从二，余四人策骆驼飞奔而逸，顷刻即渺，其余骆驼，亦随之奔去。仅余与西原所乘骆驼犹在。喇嘛行李财物，既随骆驼飞去，即许赠糌粑二包亦口惠而实不至，至可痛心也。

是役仅获十三响枪一枝。谢海舞等六人，则负重伤，卧地呻吟。于是众皆坐地，相觑无一语。余愤然曰："何不前追。"众默然，垂头咨嗟，计无复之，因就山边止宿焉。余责秉钺不能制止，演此惨剧，何所得耶。盖自兴武去后，公口均由秉钺负责也。秉钺曰："众意已决，不敢深言。亦不便复命。"然详询受伤之人，皆昨主张最烈之人，天眼恢恢，真疏而不漏矣。

是日无粮，乃杀西原所乘骆驼为食。余肉堆积山沟，入夜又

忽谢海舞等六人，向山边飞奔，依土坎，开枪向喇嘛猛射

为群狼曳去。但闻伤兵终夜呻吟叫苦。又闻呼救声甚急,众皆颓卧不起。次晨起视,则伤兵二人,夜为狼噬,仅余残骸而已。计自江达出发,共一百一十五人,除沿途死之,及兴武等十人前进无踪,今生存者:来阳人纪秉钺,云南人赵廷芳,贵州人滕学清,龙山人胡玉林,叙浦人陈学文、舒百川,乾城人曾纪仲,共七人而已。众议仍前进。濒行,伤兵四人,其一伤稍轻,扶杖而行,余二人已奄奄垂毙。独谢海舞宛转地上,号泣曰:"众弃我去,忍令就死耶。"余等行不顾。复大声呼曰:"君等既不相救,我亦不堪其痛苦,曷以一弹饮我,以速我死。"曾纪仲怜而应之

次晨起视,则伤兵二人,夜为狼噬,仅余残骸而已

曰："诺。"余急喝之曰："杨兴武等已前进，安知其不具粮食乘马来迎。况患难相从至此，忍自残杀耶。"盖余虽幸其不既死，亦深幸其不速死也。时众亦恶其祸首，咸揶揄之曰："君稍待，即有乘骑来迎。"遂行。行数里，犹闻其号泣呼救声也。

自劫杀蒙古喇嘛后，粮食已绝，道路复迷。人少，行道益艰。蹭蹬道上，互相怨怼，日行三四十里即宿。行七八日，沿途皆草地，又多小山，时获野羊兔以充饥腹。一日，马夫张敏在道旁获死羊一头，盖狼食之余也，仅余头颈一截，众分啖之，味亦甚佳。时久晴无雪，渴则敲冰嚼之。又行数日，遇野羊一头，

蹭蹬（cèng dēng）：路途险阻难行。比喻困顿不顺利。

怨怼（yuàn duì）：怨恨，不满。

跛行沟中，众追杀之。即止宿沟中共啖之，亦十余日来始获一饱也。西原取所弃肠肚暗怀之，与洗去其秽，细嚼之，以告余曰："此味殊佳，可食也。"余嚼之，亦脆异常，共食几尽。晚间饥甚，又嚼其余，已而满口沾滞，抹之，则肠中余粪未尽也。又行二日，忽天降大雪，冰风刺骨，众益惫。不独野牛野骡无所遇，即野兔亦潜伏土窟不出矣。勉行二十余日，有小山，略可避风，遂傍山边止宿焉。众饥不可忍，乃杀余所乘骆驼食之。余肉甚多，乃派六人更番守之，以防野狼。至夜，竟为群狼曳去两腿。守兵趋前夺之，狼亦不缓颊，互争甚久。众闻呼唤声，群集，开枪吓之，犹衔其一腿去。少顷，复来狼十余头。众已持枪戒备，众枪齐鸣，群狼始缓步而去。去数武，犹立山头回顾，众惫甚，亦不能追也。

一夜，余登山溲便，距宿地仅一二十步。西原持枪伴余出，忽见黑影蠕蠕而动，谛视之，狼也。西原叱之，不动，开枪击之，始反奔去。住此七日，狼日夜伺其旁，众亦日夜严防之，如临大敌，不敢稍懈。时连日大雪，众亦不能出猎，存肉亦无多，众议困守无益，决于明日冒雪前进。翌日晨起，雪住天霁。众鼓勇而行。余休息久，亦健步如常矣。

西原取所弃肠肚暗怀之，告余曰："此味殊佳，可食也。"

行两日，转过山沟，忽见前面地势开朗，一望无际，行里许，即迤衍而下。时地上隐约有牛马蹄痕，余颇异之，止众细视良久。时晴日当空，见前进向东北行，蹄痕甚多，折而西北行，亦隐约有路。余忆蒙古喇嘛言，乃决向西北行。众亦以为然。行七八里，前方忽见小坪，细草茸茸，苍翠可爱。有小山，山前一湾流水，活泼清浅，溅溅有声。溪宽二丈，水深二三尺。对岸矮树成荫，高与人齐，亦入沙漠来所仅见也。坪内有石堆数处，皆为烟熏，似曾用以架灶者。众咸欢跃，想离居人不远矣。遂就草坪止宿，时方午后二时。

溅溅：细碎的声音。

是地山水明秀，非复沙漠地之一片荒凉，众亦乘此天色晴和，抖擞精神，入山行猎。去不久，即获野羊二匹归，颇肥壮，共饱餐之。日将西沉，胡玉林犹未至，金谓玉林素强健，又未病足，何迟迟不至。颇以为念。玉林性淳厚，尤勤敏耐劳苦。余等自入荒漠，凡凿冰，觅石，取粪，宰割等事，皆力任其劳，数月如一日，众无不爱。不忍中道相弃，约以明日住此一日，寻之。次日，众分途寻觅甚久，皆不遇而归，金疑只身野宿，必饱狼腹，相与嗟叹不置。

　　次日早起，众议此去居人不远，宜速行。余默念玉林虽失踪，

行七八里，前方忽见小坪，细草茸茸，苍翠可爱

未必即死，倘我一去，虽生亦犹死也。怅怅不忍遽去，而又无以为计。正踌躇间，众复催行。余忽忆前日在分路处，犹仿佛见玉林在后，相距不及二三里。或已向东北行，以致相左。昨日众至四处寻觅，然疲惫之余行亦不远，故未能相遇。是玉林虽失道，去此或亦非遥。此地既有小山，倘于山头鸣枪，枪声可达一二十里外。玉林闻枪声，知余所在必出。出则山头可以远望而见之。万一鸣枪之后，仍不出，则必填饱狼腹矣。然后委而去之，亦无疚于心矣。乃以此意告众。且约以各发十枪，一小时再不至，即行，众勉从之。持枪登山，余随之往，一时众枪齐鸣。未几枪停，众四处眺望。逾十余分钟,果见有人策骑疾驰而来。近视之,则一番人,抱玉林坐马上至矣。众跳跃欢呼。玉林亦笑语相答。下马,互相慰问。玉林曰:"我前日因足痛,行稍缓。初犹见君等前行,力疾而进,终不可及。渐行渐远,遂不见君踪迹矣。又再前行甚远,忽见山边烟起,以为君等在此。竭蹶至其地,见猎番四人,坐帐幕熬茶。我一时大惊,认为蒙古喇嘛之随从在此,自念命休矣。猎人初见我,亦甚惊讶。继见子身至此,乃延入帐幕坐。彼此言语不通,以手示意而已。猎番知余穷途饥甚,款以面食牛羊肉,已饱食三餐矣。但不审君等何往,又不敢贸然而行。适闻枪声甚急,猎番颇惊疑,我知

近视之,则一番人,抱玉林坐马上至矣。众跳跃欢呼

为君等行猎至此，以手语示意，始同其乘马出。果与君等遇矣。"言讫，众既幸玉林克庆生还，复得猎番可为向导，皆喜不自胜。忆自蒙古喇嘛身死后，久迷塞外，日暮途穷，已无生还之望矣。不图中流一壶，复遇猎番。谓非有天幸耶？然非余恻隐之一念，恐亦不能获此意外之奇缘。铜山西崩，洛钟东应，感应之理，捷如影响，亦奇矣哉。

中流一壶：《鹖冠子·学问》曰："中河失船，一壶千金。"壶，指瓠类，系之可以不沉。比喻珍贵难得。

铜山西崩，洛钟东应：典出《世说新语·文学》："殷荆州曾问远公：'《易》以何为体？'答曰：'《易》以感为体。'殷曰：'铜山西崩，灵钟东应，便是《易》耶？'"刘孝标注引《东方朔传》："孝武皇帝时，未央宫前殿钟无故自鸣，三日三夜不止。……问东方朔，朔曰：'臣闻铜者山之子，山者铜之母，以阴阳气类言之，子母相感，山恐有崩弛者，故钟先鸣。《易》曰"鸣鹤在阴，其子和之。"精之至也。其应在后五日内。'居三日，南郡太守上书言山崩，延袤二十余里。"后以此语表示事物之间的微妙联系。

11　至柴达木

　　余等甚感番人款待玉林之厚，出藏币十元赠之。番人大喜，称谢不已。即招其伙伴，携毳帐牲畜猎品至，就地支帐，具面食牛羊肉款余等。视其猎品，则有猞猁皮，狐皮，羚羊角甚多。又有挂面、酥油、奶饼、牛羊肉各食品。挂面质白而良，闻购自西宁者。面以牛羊肉蒸煮食之，尤鲜美无伦。惟淡食已久，初食盐味，反觉喉涩不能下，仍淡食之，余等餐风寝雪，已阅四月矣。乍获面食，又居帐幕，恍如羽化登仙，不徒视藜藿逾珍馐，抑且认番人为故旧矣。时众惫甚，乃向番人赁牛乘行。牛为青色，小而多力，与内地黄犊等。余等不谙青海语，以手示意，面谈甚

余等餐风寝雪，乍获面食，又居帐幕，恍如羽化登仙

久，每牛索银八两，且供给日食。余等欣然从之，先给藏币五十元。盖由此至柴达木，尚有十五日行程也。

次晨出发，番人乘牛前道。余等日乘青牛，夜宿帐幕，饮食供给，亦极丰厚，众心大慰。其渡水二十余道，愈行水愈深。陆无道路，水无津梁，使非番人无由办法。余等足皆冻，一沾生水，即肿痛不能行矣。沿途树木青葱，高达丈许，道路纡曲，不可辨认，时而穿林，时而渡水，气候虽寒，景物清幽，心神安适，纵辔徐行，行十六日，至柴达木。无数蒙古包散布广原，居民殷繁，俨然内地村市也。

本章叙陈渠珍一行途中渐见人迹，终于经柴达木、青海湖，过日月山抵青海湟源。

从西宁到拉萨有东西三道：西道沿青海湖经柴达木折南，沿金沙江上游的穆鲁乌苏，逾当拉岭至拉萨，一直是古代的军台驿站。有当地人沿途设帐支差，这一路大约需要走七十五天。民国后，此路荒废。

东道，自湟源逾日月山，穿过广大低平沮洳、荒原，渡黄河至玉树（戒谷多），又穿过玉树草原到当拉岭路。后来与青藏往来，柴达木译音"柴丹",昔为青海王庭。清初,岳钟琪破罗卜藏丹津十余万众,即此地也。为内外蒙及新疆入藏要道。盖由哈喇乌苏而北有三道,中东二道至西宁,西道至柴达木,再东进约千里方至西宁,此路甚迂远,且经酱通大沙漠,数千里无人烟,征行至苦。中道瘴疫甚盛,魏唐北伐,皆遇瘴而返。东道则石堡一城,素极天险。故吐蕃恃之,凭陵华夏。徵诸历史,其地艰险如此,以余身所经历,则艰险更有甚焉。

柴达木至青海(按:指西宁),尚有五百余里。其中三百余里皆盐淖,须改乘骆驼。遂在此小住。次日遇一喇嘛,相见极亲

大多走这条路。

中道则沿青海湖经柴达木与西道同,自柴达木渡过通天河到当拉岭路。

陈渠珍所走的是无人烟之地,冰雪中向导也不能分辨。而且当时西道的台站已经撤掉,刚好是冬季,草枯地冻,牧户都到别的地方了。所以陈氏一行往复绕折,行走缓慢,以致用了二百多天才穿过荒原。(详见后文附图)

自古以来用兵青海最为深入的,要数隋炀帝、唐太宗、清雍

昵。自言甘肃北大通人，而为僧者。来此十年矣。各处番人时延其诵经祷佛，知余等皆汉人，由西藏回，极称达赖班禅之神异，宛然一生佛也。余实一无所知，姑饰词应之。喇嘛尤兴会淋漓，邀余过饮。余携西原同往。至一蒙古包，即其寄宿处也。献奶茶糖饼已，又宰肥羊款余。止之不可。更解去外衣，手自毛炰胾羹。既而具熟肉面食，味绝美。又出蒜辣一碟，尤生平所嗜，而久未得食者。一餐之后，果腹充肠。感东道之殷勤，遂忘北来之饥苦矣。

次日，复休息一日，购备面食，并雇骆驼代步。喇嘛又引一

正帝，都曾穷追土酋到荒原地带，也就是本书所说的酱通沙漠地带。文中说"魏唐北伐皆遇瘴而返"，"瘴"这里是指寒瘴。温带居民突然遇到湿热多含微生物的空气往往感到不适而引发疾病，就是瘴。骤然遇到寒流压过低空气，而引发的疾病，就是寒瘴。征战青海的将士很多都因为遇到寒瘴无功而返。

石堡城，是唐朝时哥舒翰筑造的，在湟源县西南的日月山下，今遗址尚在。自石堡城经玉树进入西藏（即青藏东道），是唐代汉藏往来的大路。文成公主下嫁就是从这里经过。

东道则石堡一城，素极天险。故吐蕃恃之，凭陵华夏

丹噶尔厅商人至，亦汉人久商是地者。云："此君明日将回丹噶尔，可为君等伴侣，不须再觅向导也。"其人姓周，别号瑶青，年四十许，自言素业商，往来青海二十余年矣。前进道路极熟习。余大喜，约明日早餐后起身。翌日早餐时，喇嘛复来送行，馈以蒜辣一包。余称谢，作别而行。从此行，四十里即入盐淖。地沮洳难行。一望平原旷野，遍生小草，无人烟，无畜牧，无河流。其土壤，视之似甚坚实，踏之则下陷。余当以枪托插地上，应手而入，深四五寸，水即随之涌出，故行盐淖地，非骆驼则不能行也。

其土壤，视之似甚坚实，踏之则下陷。余以枪托插地上，水即随之涌出

淖中水咸涩舌，含有毒质，不可饮濯。但每行一二日，必有淡水，或出于淖中，或出树旁。亦无泉源，无井穴，视之，与淖中咸水无稍异，非惯行是地之番人，不能知也。故旅行之人，必以皮革满盛淡水，系骆驼上，随之行。余见同行番人，宰二羊，去肉存皮，缝其破穴，从喉部盛水使满，亦甚便利也，闻商人言："昔回人大举入寇青海，马陷淖中，不能驰骋，大败而还。且误饮咸水，而痘疫大作，死之略尽。自后回人亦不敢再犯青海矣。"

行五日过盐淖，皆平原草地，沿途山渐少，路亦纡曲，时见

沮洳：音居如，水边低湿的地方。出自《诗经·魏风·汾沮洳》。

痘疫：相传东汉马援征武陵蛮（今湖南省），因染此病而死，士兵患者亦很多，遂传至中原。当时叫作虏疮。隋朝称为豌豆疮，唐朝称为天行发斑疮，宋称为豆疮，后改豆作痘，明清以后，又称"天痘"、"痘疹"、"天花"。

三五蒙古包，散居山麓道旁，当一日宿于小喇嘛寺，寺外蒙古包甚多，俨若村舍。时有陇商多人在此，收买羊皮，番人方操刀解羊，身手轻捷，砉然响然，批隙导窾，约一小时，十余羊尽解矣，此真庖丁之神技也。

是地居民，皆以游牧为生活，居则支幕，衣则毛裘，食则牛羊，行则骡马。逐水草，饮潼酪，水草既尽，又卷帐他去。居无定址，行无旅舍，其贫富即以牛马多少定之，富者每一帐幕，必有牛羊骡马千余头。贫者亦有百数十头，盖非此不能生活也。一日，途遇番人与家迁徙，驱牛羊骡马数百而至，男女老幼；皆乘

途遇番人与家迁徙，驱牛羊骡马数百而至，男女老幼，皆乘骡马行

骡马行。粮食衣物，锅帐器皿，则以牛马负之。随人行走，无须驱策。唯时见羊三五游行，随地吃草，驱之则走散，听之则行迟。有妙龄番女数辈，袒手臂，执长鞭，款段随行，呼喝照料。又有獒犬十余头，高已四尺，狞恶可畏，时前时后，监视出群之羊。故羊亦畏之，然犬至则羊归队行，犬去羊复逸群出，亦羊性贪玩如是也。入盐淖后，野牛野骡已绝迹矣，时见麋鹿成群，游行山上，见人即逸去。

余等将至青海时，山岭渐多，频渡溪流。一日入山谷，沿溪而行，有群鹿饮于溪边，见余等至，即奔向山巅去，其行如飞。

　　陈渠珍这里说的盐淖，是柴达木盆地中的低湿部分。柴达木盆地在青海高原的低部，纵横数百里。地层作锅状，附近有水泉，因为地层导引，汇集到这里。又因为没有大河流，所以低湿部分很宽广。但又不是湖海，只是沼泽。水里面含有很多矿物质，还有微量食盐，淤积在这里逐年蒸发，边沿地方就形成盐块。这地带的湖都是咸湖，沼泽则为盐淖。只有淖的边缘，新泉涌出的部分，才是淡水。又因为是咸水，所以不能生长普通植物。道路都沿着湖淖的边缘，因为边沿比较平坦且靠近淡水。

山高数里，瞬息即达。众持枪射之，不能及也。又行十余里，峰回路转，前有大平原。遥望银河一线，横亘其中。初疑河水结冰，商人曰："此青盐海也。"海宽里许，其长无垠，商人皆下骑卸装，就海边张幕栖宿。时天尚早，询其不行之故。商人曰："我等须在此取盐，明日方行。"余乃同至河边视之，见冰厚数尺，其坚如石，行至海中，闻冰下海水砰击有声。问盐在何处。商人曰："饭后，君自知之。"遂同回。

晚餐后，商人携革囊一，捆橛杵一束，至海边。初以铁橛掘冰，深数尺。再以铁杵凿之，碎冰四溅，久之，成小孔，深二三

唯时见羊三五游行，随地吃草，驱之则走散，听之则行迟

尺，冰洞穿矣。即有海水一线，喷起数尺。然后覆以革囊，以冰块压其四周，即归。余尚不知其盐在何处也。次晨早起，随商人等入海取盐。至则昨日空囊委地，今已卓立冰上矣。推倒视之，囊中青盐充盈，粒粗如豆，莹洁有光，色微青，即吾乡药市所售青盐也。较精盐味尤浓厚，天然产物，付之荒漠，殊可惜也。

停毕，起行，日已向午，是日行不远，即宿蒙古包内，番人招待甚殷勤。又有华服华言商人，闻余等皆汉人，新自西藏来，过谈甚欢洽，云："来此已久，乃贩运西宁布匹、麦面、磁、铁器物至青海各处易皮革、茸麝者。"颇谙番语。询以前途景况，

再以铁杵凿之，碎冰四溅，久之，成小孔

与周瑶卿所谈均同。馈余香烟一听，云："我素不嗜此，亦友人所赠，特转以赠君。"余喜极，取而吸之，觉头目昏眩不可支，盖不吸此烟已阅五月矣，故乍吸之，反觉不适也。

又行两日，沿途人烟渐密，山麓渐多。且有商人伴行。谈笑甚欢，心神益觉怡悦，至一处止宿，有人户百余，散居平原中，林木清幽，亦所仅见，一老番人来会，精神矍铄，状貌伟岸。率儿童五六人，自道湖南湘阴人，年七十余矣，早岁随左宗棠出关，辗转新疆甘肃，流落不能归，遂家青海。娶番女，生子，子又生孙，乃知所携儿童皆其孙也。旁一二十许少年，其幼子也。

文中云"有人户百余，散居平原中"，此地即是青海都兰，当时已设县郡。柴达木盆地牧民都是蒙古族。当时都兰是最大的市场，很多汉人、回族商人都在这里进行土特产交易。

久居塞外，语言生涩，多不可辨，因闻余从西藏归，又同乡井，倾谈甚欢。余询以内地革命事，但知："袁世凯为大元帅，孙文为先锋，国号归命元年。"亦道听途说，且误"民国"为"归命"也。谈次，呼幼子归取鸡蛋十余枚相赠。余亦赠以藏币四元。复请益，因笑曰："以此饰诸儿发，尚少三元。"余如数赠之，大喜而去。

次晨，余将行，又亲携酒肉来，执别依依。余问："老人何日归？"乃长叹曰："乡音久改，鬓毛已衰，来时故旧，凋零不通音讯，已六十年矣。今纵化鹤归去，恐亦人物全非。儿孙在

乡音久改，鬓毛已衰：唐代诗人贺知章的《回乡偶书》：少小离家老大回，乡音无改鬓毛衰。儿童相见不相识，笑问客从何处来。

此，相依为命，君问归期，我归无期矣。"相与太息而别。

别老人后，沿山谷行。途中，商人高唱秦声，慷慨激昂，响彻云霄，即谚所称梆子腔也；余等久闻鴃舌之音，忽听长城之调，不觉心旷神怡。乐能移性，信哉。入山谷行甚久，逾一小沟，宽六七尺，流水潺潺，游鱼甚多，长一二尺，身圆而肥，充满沟中，众下马以刀刺之，获四五尾，悬之骆驼上。住宿时，众烹食之。因无豆酱葱辣，余与西原皆少尝辄止，仍食生肉；众大嚼，至夜，皆呕吐，狼藉满地。次晨行不远，余幸略吐即止，西原竟无恙。岂河豚有毒，不可食，故能繁殖若是耶？抑鱼食人

君问归期：唐代诗人李商隐的《夜雨寄北》：君问归期未有期，巴山夜雨涨秋池。何当共剪西窗烛，却话巴山夜雨时。

秦声：又名秦腔，是我国最早形成于秦地的一种梆子声腔剧种，它发端于明代，是明清以来广泛流行的南昆、北弋、东柳、西梆四大声腔之一。

鴃（jué）舌：比喻语言难懂。鴃，古书上指"伯劳"鸟。

尸，腥膻不可食耶？后至西宁，遇一医士，询以青海之鱼，何以不能食。医士曰："凡鱼无不可食者，惟鲲鲕有毒，误食常致呕吐；君不闻鱼禁鲲鲕耶。"余始忆及众贪味美，并鲲鲕食之。然余从此不食鱼，亦四年矣。

次日早起，商人曰："今日至青海矣。"众喜极，初行谷地，再入沟行，出沟，经大平原。原尽，前临大海，苍茫无际，商人曰："此青海也。"即止宿海岸。细询青海景况，商人曰："此海回环二千余里，有无数番族环海而居，中有二岛，有居民五六百户，岛中产麝香、鹿茸，海中产鱼、虾、发菜，九月海冻，踏冰

鲲鲕（kūn ér）：鱼子，鱼苗。《国语·鲁语》云：鱼禁鲲鲕。

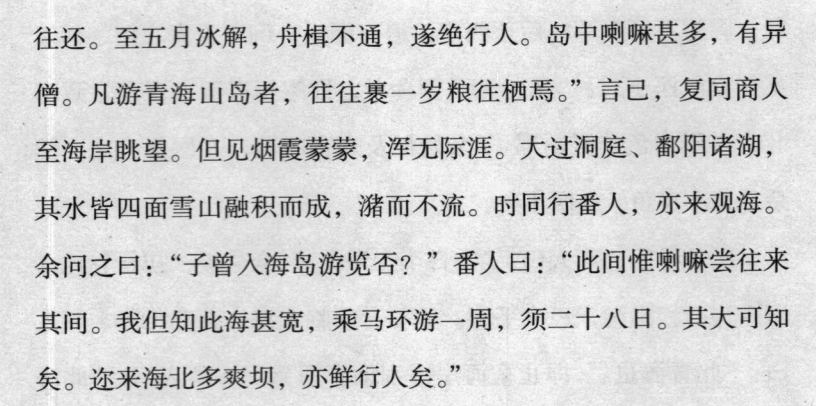

往还。至五月冰解，舟楫不通，遂绝行人。岛中喇嘛甚多，有异僧。凡游青海山岛者，往往裹一岁粮往栖焉。"言已，复同商人至海岸眺望。但见烟霞蒙蒙，浑无际涯。大过洞庭、鄱阳诸湖，其水皆四面雪山融积而成，潴而不流。时同行番人，亦来观海。余问之曰："子曾入海岛游览否？"番人曰："此间惟喇嘛尝往来其间。我但知此海甚宽，乘马环游一周，须二十八日。其大可知矣。迩来海北多爽坝，亦鲜行人矣。"

次日沿海南行。二日海尽，沿山冈行，地势绵亘。至一处，道左一带小阜，有城垣，广约里许，大半颓圮，房屋遗址犹依稀

青海湖是中国第一大内陆湖，蒙古语称作库库诺尔，与西藏的天湖（蒙名胜格里诺尔）同为喇嘛教的两大圣海。教徒以环海行一周为大功德。沿青海地区，原来都是蒙古族人，后来藏强蒙弱，多半已为藏族所占领，蒙古族人则退入柴达木区。从都兰到西宁有两条道，一条沿着青海湖的南岸，逾日月山到湟源，一条则经过湖的北岸。陈氏所走的是南路。藏蒙人绕海诵经祈福的人，都是沿青海湖南岸向西行走，或者沿湖的北岸向东行，一般从都兰向东走的应取海北路，即使是绕行半圈，也是一种功德。汉族人不重视这种方式，所以往来经常取海南路。

陈渠珍出藏路线图

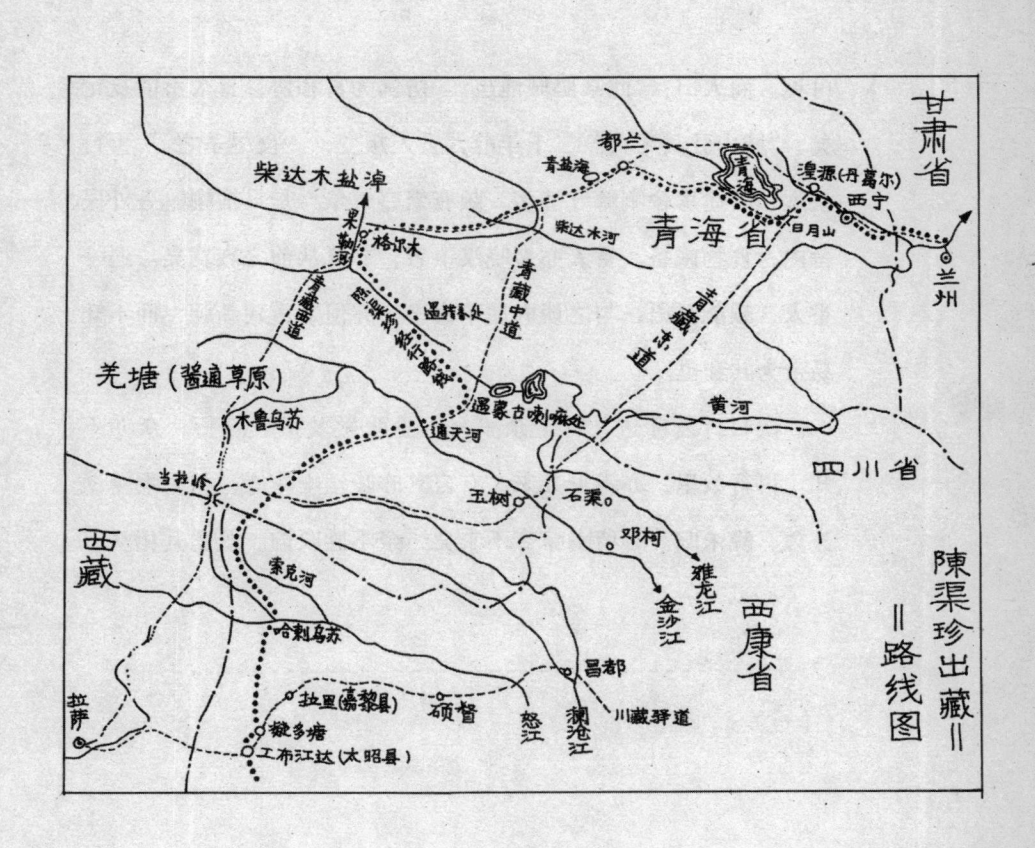

可见。商人曰："此某协城池也。"仿佛为富和协，日久不能复记矣。"城内驻兵千人。二十年前，番人叛变，一夜尽杀之。"再行甚远，沿途房舍喇嘛寺甚多，颇有繁盛气象。是日宿喇嘛寺外民舍内，食物咸备。番人亦多晓汉语者，非复从前之寂寞矣。遇一番人，颇能汉语，与之谈内地革命事，亦但知重建新朝，而不知易帝为共和也。

次日，复前进，行十余里，不见张敏及蛮娃随行。众亦不知。再行数里，亦不见其来。有言其昨晚至喇嘛寺，与一喇嘛谈甚久，晚未归。必留喇嘛寺不来矣，余不胜叹惋。既念其相从万里，别离心伤。然彼辈终为番族，恐亦不惯与汉人居。倘得喇嘛相留，在此栖迟，亦未尝不深幸其得所也。

自喇嘛寺前进三十里，即日月山。山高不过三四十丈，横亘道中。山阴略有耕地。商人曰："此地屡次开垦，均因气候太寒，未收成效即罢。"余上至山顶，遥望内地，则桑麻遍野，鸡犬相闻，屋宇鳞鳞，行人往来如织。余等过青海，即觉气候渐暖，冰雪尽消。然一过日月山，则豁然开朗，别有洞天，居民皆宽袍大袖，戴斗笠，乘黑驴，宛然古衣冠也。番人谓："过了日月山，又是一重天。"信哉。下山行二十里，即宿。

日月山位于青海湖东侧，历来是内地赴西藏大道的咽喉。因山体呈红色，古代称为"赤岭"。早在汉、魏、晋以至隋、唐等朝代，都是中原王朝辖区的前哨和屏障。北魏明帝神龟元年（公元420年），僧人宋云自洛阳西行求经，便是取道日月山前往天竺。后来，文成公主经日月山赴吐蕃和亲形成的唐蕃古道，则一直是宋元各代甘青地区通往川藏一带的必经之路。故有"西海屏风"、"草原门户"之称。

相传当年文成公主远嫁吐蕃，曾驻驿于此，她在峰顶翘首西次日黎明，复前进。沿途皆汉人，有屋宇，贸易，耕作。且时见乡塾，闻儿童咿唔读书声，顾而乐之，行两日，至丹噶尔厅，遂择旅店投宿焉。

望，远离家乡的愁思油然而生，不禁取出临行时皇后所赐"日月宝镜"观看，镜中顿时生出长安的迷人景色。公主悲喜交加，不慎失手，把"日月宝镜"摔成两半。这就是为什么把"赤岭"改称为"日月山"的原因。

居民皆宽袍大袖，戴斗笠，乘黑驴，宛然古衣冠也

12　丹噶尔厅至兰州

余由江达出发,为冬月十一日。至丹噶尔厅,已六月二十四日矣。长途征行,已历二百二十三日之久,衣服久未洗濯,又无更换,皆作赭黑。辫发结块不可梳理,即行割去。非因朝代更易剪发也,须长半寸许,非因年老蓄之也。幸塞外奇寒,尚无臭汗。然前者闻酥酪而香,今则觉腥臭不可闻矣,余等奇装异服,市人咸集店中询问。自视殊觉形秽。乃洗濯,更衣入市购制服物。是地民俗朴陋。以余等为南方人,又新自藏来,妇女传观,商贾肃敬。子卿返汉,令威归辽,客感沧桑,主观新奇,亦自伤矣。入店市物品,主人咸起立致敬,且出果饼相款,必令饱,次

本章叙陈渠珍等终于自西宁经兰州至西安。丹噶尔厅,今青海湟源县。

子卿返汉:汉代的苏武,字子卿。苏武受汉武帝派遣出使匈奴,被匈奴单于羁留于北海长达19年,于汉昭帝时方回,壮年出使,归来已须发苍苍。令威归辽:令威,即丁令威。晋《搜神后记·丁令威》载:"丁令威,本辽东人,学道于灵虚山。后化鹤归辽,集城门华表柱。时有少年,举弓欲射之。鹤乃飞,徘徊空中而言曰:'有鸟有鸟丁令威,去家千年今始归。城郭如故人民非,何不学仙冢垒垒。'遂高上冲天。"

日晨起，至一布店，店主殷勤招待。导入官室，土炕横陈，上布芦席，请余登炕坐。持长方小木匣一，中为数格，分置水烟袋、鸦片灯、酒壶、酒杯、棉烟、火柴、烟杆。首敬酒，再以木匣授余，余略吸水烟，即置匣炕上。店主犹殷殷劝鸦片不已。盖是地无家无烟具，无人不吸鸦片也。

  余因购制衣履，羁留一周，旅店多暇，留心风土，乃知是地东西全皆汉人。余皆汉番杂处，风俗犷獉。妇女尚缠足，裙下莲步不及三寸，服饰既古，文化尤卑，邻居为私塾，尝见一生久读不能成诵，塾师罚之跪，以草圈罩头上，频加筹石，令其跪诵。

一生久读不能成诵，塾师罚之跪

余见骇然。

　　余所宿店主,年六十余,皓然老叟也。一日冠服送厅官某归。谓其家人曰:"厅官哭甚痛。我等亦为之泣下。"余叩其故。店主曰:"厅官某,(忘其姓名)年逾花甲,无妾媵,夫妇齐眉。仅一公子,来时年十五六。官此二载余。公子就学兰州中学,寒假遣仆迎之。归至离城十五里某处,仆有阿芙蓉癖,入店吸烟。公子久待,归心甚急,遂怒马先行。仆随后至,不见小主人,乃策骑至署。厅官夫妇以为偕公子归矣,大喜。唤公子,不见。问仆,仆饰词曰:"入城后,公子即先行矣。"乃遍索不获,始疑

　　狉獉(Pīzhēn):草木丛杂,野兽出没。

　　妾媵(yìng):古代嫁女时随嫁或陪嫁的人,称媵。后以"妾媵"泛指侍妾。

　　阿芙蓉癖:对鸦片成瘾的人叫阿芙蓉癖。罂粟汁液制成的鸦片,对于中国人来说,纯粹是舶来品。它最早进入中国的具体时间虽无可考,但作为中国与海外商贸往来的一种商品,明朝时便有记载。不过,16世纪的人们是将其当作一种止泻、祛痛的药物来使用的,称之为"阿芙蓉"。

仆，固诘之，亦无词。仆素忠实，相从甚久，知有他故，乃悬重赏勒差役缉访，数日无音耗。厅官夫妇日夜哭祷于神，求公子生还。差役遍缉无踪。畏厅官追捕，至离城十里某山寺祷于神前，祈显示。陟山甚倦，倚神案后假寐。无何，闻有人来祀神，初不之异，既而闻其喃喃自语，似忏悔。细听之，即杀公子凶犯也；因独力难支，急从侧门下至路旁，遇相熟人，语之故，同上山执之，械诸署严讯之，尽吐其实。乃青海盗也。因初探富商某岁暮至西宁收债归，将从山下过，乃约同党数人伏半山石壁间，垒石以伺之。山下右削壁，左临河，羊肠一线，往来所必经。未几果见一人乘马疾驰，与富商马毛色相似，乃推石毙之。搜其囊中书数册而已，他无所获。视其貌，又一翩翩佳公子，非商也。大骇。曳其尸掩埋石壁间。自知误伤，颇自追悔。番人信佛，乃祈祷于神寺。亦不虞逻者卧其旁也。厅官既痛爱子惨死，又见清社已终，遂挂冠归里。我等因其清廉仁厚，空城往送。具火炮，直送至郊外，洒泪而别。厅官亦自见其子出而不见其子之归，故哭之痛。非徒为斯民而堕泪也。"店主谈已，叹息者再。余亦怅然者久也。余尝细按兹事始末，则默默中亦似有意，似无意。以良吏之子而横遭惨杀，似无天理，乃因其夫妇之精诚感格，胥役之

清社已终：清社指清朝，清廷。

胥役：《清稗类钞》载："胥役，皆在官之人也，大小衙署皆有之。"胥役即指衙役，是古代衙门里跑腿办事的勤杂人员。这些勤杂人员同现在的工勤人员不一样，他们手里职掌行政权力，实际上是执法和行政的主力。在明代，他们身穿皂青色长袍，属于贱民，故称皂隶。

虔诚祈祷而速盗之来，状类自首，又似有神明显示焉。怨毒所积，戕人适以自戕。积善降祥，积恶降殃，天道不大可畏耶？

余住丹噶尔厅七日，制备衣物毕，即乘骡车向西宁前进。计程九十里，道路平坦，抵西宁，见堞楼森严，市廛鳞比，称摩毂击，往来如织。清时设总兵一，道、府、县各一。青海办事大臣，亦建衙于此，乃边疆一重镇也。车夫导余投逆旅宿焉。闻管弦繁响，歌声杂沓，询一店主，乃一剧团寄宿其中，房舍虽极简陋，然招待颇殷勤。知余为军官，携有枪械，又远从塞外来，更敬礼之。客中忽闻清音，倍增佳兴。

厅官挂冠归里，我等因其清廉仁厚，空城往送

次晨，余方起，忽报客至。颇异之，方出迎，客已昂然入，据炕坐，傲不为礼，又见随从武装兵士多人，立门外，询问甚久，始改容谢曰："此地方戒严。君等携武器，胡不入报官厅耶？"余以昨日到甚迟对。询其人，姓颜，湖南长沙人，现任城防营管带，知余来意，又兼乡谊，始问讯寒暄。忽西宁陈某又至，严诘来历。余对如前，因取枪弹交付之，陈接收讫。颜又转来意，陈色始霁。谓余曰："君不言几误会矣。"约余同至镇署谒张镇军，张立大厅接见。余详述援藏离藏始末，及塞外迷道，部众死之经过，慷慨纵谈至一小时许。张闻而壮之，乃延入坐。复询问甚详，亦太息曰："余皖人。官期三载，囊橐依然。今时移势异，一家三十余口，欲归不能，时方多难，如君英才，飞腾有日，今南归无资，当为竭力筹之。幸勿为虑，"余称谢辞出。归至逆旅。西原见余久不归，惊惧欲泣，至是，始破涕为笑。既而颜君复来，其话行藏，深为叹息，又约至府衙晤陈太守，谈藏事经过。陈问："在川曾识陈宦其人否？"余曰："此二庵先生也，我到川时，闻已随锡清帅赴方诏。"颜曰："二庵先生，即太守犹子也。"陈复曰："君南归，一行七人，旅费颇不赀。顷晤张镇军，极称君才，共商备文推荐于甘督赵公惟熙，此公怜才爱士，

囊橐（náng tuó）：袋子，指行李财物。

赀（zī）：财货。

锡清帅，指锡良（1853—1917），字清弼，晚清名臣。

甘督赵公惟熙：甘肃都督赵惟熙，其人忠于清室，民国成立后，他不但自己保留辫子，并且禁止其治下人民剪掉辫子。

倘一观面，必有所借重，君亦不必亟亟南归也。"余亦称谢不已。

住西宁三日始行。随从滕学清、赵廷芳则荐之颜管带处。张镇军陈太守颜管带等共馈八十金。张又遣其甥孔某，持文同赴兰州。乘骡车行六日始至。寓炭市街客店。店主为太原人。行装甫卸，见店主与店伙喁喁语，颇现仓惶之状。有顷，即有武装兵十余人，牵马入，系马柱上，遍入客房，厉声问："此谁行李，不收检？"——抛掷庭中。店主乃请其一人似头目状，至内室，谈移时，伴之出。犹微闻其语头目曰："此区区者，幸包涵之。"无

西原见余久不归，惊惧欲泣，至是，始破涕为笑

何，武装兵皆牵马出。店主始向众客道歉。余愕不解，固诘之。店主曰："此马军门来省，所带马队，皆撒喇回子，极凶暴。顷已馈银二两，始去。亦藉打店为名，沿街需索而已。每岁必有一二次来。我等甚苦之。"余闻之，慨叹不已。

次日孔君来约赴督署投之谒赵督。立延见。赵貌和蔼，余陈述经过已。赵亦为叹息者再。引孟子天降大任一章相勖励，复言："近接川电，达赖已调兵围拉萨。我军万里孤悬，救援不易。倘迁延时日，粮弹两绝，则殆矣。昨中央电川滇甘三省筹备援藏。此事殊不易。君能在此稍待，将有所借重。"余亦力白愿

撒喇回子：清代对于撒拉族人的歧视性称呼。元朝时，撒拉族先民——中亚撒玛尔罕人经新疆长途跋涉迁徙循化，后与周围的藏、回、汉、蒙古等族长期相处，逐渐形成了后来的撒拉族，现主要聚居在青海循化撒拉族自治县。

供驱策。言毕辞出。

　　余由工布回至江达，即寻周逊所在。兴武等遍寻未获，有云已出昌都矣。迨余抵兰州未久，闻周逊亦到。余遣人四出寻之，无所见。又数日，晤督署巡捕胡立生君，亦长沙人也；云有同乡周君，控君于督署。余颇讶之，继思此必周逊所为。因同至督置查之。果周逊为长袴事控为余所主使也。遂入见赵督，备陈颠末。赵曰："乱军之中，人命贱如泥沙，讵能一一埋之耶？"乃嘱旅甘湘人出为调解。翌日，同乡十余人毕集会馆，周逊亦至。余当众详述罗事经过已，因诘周逊："罗公之死，子何所见而指为我所主使耶？吾解衣以衣罗公，推食以食罗公，子所目击也。途次不肯同行，子所主张也。留兵护卫，子青所拣选也。杀罗公，乃川人赵本立也。死难地，距德摩犹远也。罗公诛哥老会首未成，而藏局已变。罗公犯川人之怒，构此弥天之祸，亦子所尽知。而亦子等促成也。子既误罗公以死，今又陷我以罪。子诚何心而忍出此。且子以兵卒入藏，由正目而司书，而推荐于罗公。谁之力也？"余且数且责之。周逊始而色峭然，继而色赧然，后亦强颜为笑曰："具状督署，亦聊陈出藏经过耳，且至此旅费已尽，不能归罗公遗骨。藉此以求赵督资助也。"余斥之曰："子之旅费，胡不我谋，而竟陷我以杀人之罪耶。"周逊默然，众力劝乃已。余痛愤之余，万念俱灰。决计辞赵督南行。赵督赠川资五十金。余乃资遣纪秉钺等回里。余俟其去后，始偕西原乘车取道长安。南归。从此朝行暮宿，饱受艰辛。

一日行至邠州，时已八月十四日即为中秋节，停车休息一日，余亦略市酒肉，与西原共饮。西原曰："囊金将尽，去家犹远。如此破费，何以得归。"余曰："汝言诚是。但囊有限。到达长安后，终须致书家中，待款方行，汝其勿虑。"正叙谈间，忽一军官至。自言："昨阅店中循环簿，知君由丹噶尔厅来。我丹

川资：路费，盘缠。

邠州：今陕西彬县，位于泾河边。

循环簿：旅客登记簿。

噶尔厅人，特来过访，住丹时，闻有乔子丹被官府枪杀否？"余问故。乔君曰："我亦革命事败，逃至此地。乔子丹即家兄也。当时被逮捕。我逃至兰州，兄已被杀。"余对以住丹不久，亦无所闻，言讫即辞去。

至晚，后有湘人王君兆庆来会，问余姓名籍贯甚详。乃告余曰："我即王瑞林同胞兄也。我来此四年矣。屡接来书，云已随君入藏。且以堂兄朴卿之故，颇蒙优遇，迄今书信渺然，频传藏军已被番人围缴枪械，杀戮尤惨，迄无从探询真相，顷晤乔排长言，有同乡陈某，自西藏归，窃疑为君，至今果然矣。"初其弟瑞林，由川随余入藏，任司书。藏乱，即随余出青海，途中病故。因以实告之，王君已语不成声矣。适余案上有墨盒，乃瑞林物也。盖上凿有瑞林名号。王君视之不觉泣下沾襟，复谈出藏经过，及此后行止甚久，始别去。移时王君复来，馈以酒食糖饼，谓余曰："君到长安，待款方行。然长安颇戒严，寓中日夜盘诘，吾乡童观察，有巨宅在城内洪铺街。现人去屋空，仅戚君兰生，为守是宅。我为君作缄介绍。君寄居其中，省事省钱不少也。"余甚感谢之。王君就案头书就一函，交余携去，即辞归。

次日诘早，乘车前行。七日至长安。径投洪铺街童寓，晤戚言，亦宁乡人也，留余迁入，云："东厢空房，君自择之。余乃居其最后一栋。前三进空房十余间，尘封已久，无人居住。"余与西原略加扫除，购薪炭米面，躬自炊爨。又写书至家索款。所居室甚幽僻。余日与西原相依为命，跬步不离也。

转瞬又初冬，气候渐寒，添制衣物，囊金将尽。屈指家中汇款，非两月后不能至。长安居大不易。又住二十余日囊金尽矣。西原曰："家中汇款需时。何能枵腹以待。无已，曷将珊瑚山售之。"此山途中摩压，已久碎断矣。余亦无计，姑携入市求售。行两日无问之者。后至一古董店，售银十二两而归。西原喜曰："得此以待

长安居大不易：本为唐代诗人顾况以白居易的名字开的玩笑。唐代张固《幽闲鼓吹》载："白尚书应举，初至京，以诗谒著作顾况，顾睹姓名，熟视白公曰：'米价方贵，居亦弗易。'"后比喻居住在大城市，生活不容易维持。

枵腹（xiāo fù）：空腹，饿肚子。

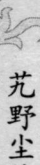

家中款至，不忧冻馁矣。"

余住此多暇，时与戚君晤谈。知邻居有董禹麓君，湘西永顺人，久游秦中，任某中学校长，又兼督署一等副官。为人慷爽好义，同乡多敬仰之，余次日过访，未遇。晤其同居张慕君，为历阳人，与之谈，尤亲洽。未几禹麓归，延至厅中坐。禹麓沉默寡言笑，学通中西，质直无文。余甚敬之。自后，时与慕君过从。禹麓事繁，亦不及再晤矣。

旅居至冬月初，家音犹未至，床头又尽，囊中余望远镜一具，售之，得银六两。余颇焦忧。余住宅在最后，每外出，西原必送出偏门，坐守之。余一日归稍迟。西原启门，余见其面赤色，惊问之。对曰："自君去后，即周身发热，头痛不止。又恐君即归，故坐此守候也。"是夜，西原卧床不起，次日，又不食。问所嗜。对以："颇思牛奶。"余入市购鲜牛奶归，与之饮。亦略吸而罢。不肯再饮。余急延医诊治，医生曰："此阴寒内伏，宜清解之。"一剂未终，周身忽现天花。余大骇。曩昔在成都，即闻番女居内地，无不发痘死，百无一生者，乃走询医生。医生曰："此不足虑。"另主一方，余终疑之。从此药饵无效，病日加剧，一日早醒，泣告余曰："吾命不久矣。"余惊问故。对曰："昨晚梦至家中，老母食我以杯

曩：以往，从前。

糖，饮我以白呛，番俗，梦此必死。"言已复泣。余多方慰之，终不释。

是晚，天花忽陷，现黑色。余知不可救，暗中饮泣而已。至夜，漏四下，西原忽呼余醒。哽咽言曰："万里从君，相期终始，不图病入膏肓，中道永诀。然君幸获济，我死亦瞑目矣。今家书旦晚可至，愿君归途珍重。"言讫，长吁者再。遂一瞑不视。时冬月□□日也。余抚尸号哭，几经皆绝。强起，检视囊中，仅存票钱一千五百文矣，陈尸榻上，何以为殓，不犹伤心大哭，继念穷途如此，典卖已空，草草装殓，费亦不少。此间熟识者，惟董禹麓君

杯糖：碗状黄糖。

白呛：藏白酒。

颇慷慨。姑往告之。时东方渐白，即开门出，见天犹未晓。念此去殊孟浪，又转身回。见西原瞑然长睡，痛彻肺腑。又大哭。移时，天已明，急趋禹麓家。挝门甚久，一人出开门，即禹麓也。见余仓皇至，邀入坐。"君来何早？"余嗫嚅久之，始以实告。禹麓惊问曰："君余若何？"余犹饰词告之曰："止存钱五串耳。"禹麓蹙然曰："似此，将奈何？"略一沉思，即起身入内。有顷，携银一包授余，曰："此约有二三十金，可持归为丧葬费。"又呼其内戚罗渊波，为余襄理丧事。余亦不及言谢，偕渊波匆匆回，渊波途次告余曰："禹麓实一钱莫名。兹所赠者，乃其族弟某服羊寄存之物也。"

余唯唯，亦不知如何言谢。既而渊波为入市购衣棺，又雇女仆为沐浴更衣。称其银，得三十七两。亦见禹麓之慷慨高风也。复延僧讽经。午后，装殓毕，即厝葬于城外雁塔寺，余既伤死者，复悲身世，抚棺号泣，痛不欲生。渊波百端劝慰，始含泪归。入室，觉伊不见。室冷帏空，天胡不吊，厄我至此。又不禁仰天长号，泪尽声嘶也。余述至此，肝肠寸断矣。余书亦从此辍笔矣。

任乃强先生评点曰："全书描写西原，字字感人。及是记其死况，使阅者亦不禁怃然欲泪。藏族妇女性格大都如此。西原二字，自四川土音读之，不似藏族女性名字。疑为是于归后，陈氏所命之汉名。"

厝（cuò）：安置，措置。厝葬指把棺材停放待葬或浅埋以待改葬。

雁塔寺，即今西安大雁塔。

余抚尸号哭，几经皆绝

附　录

陈渠珍的《艽野尘梦》

三　七

曾读《汉书·李陵传》，自"陵止营浚稽山"，至"鼙鼓不鸣"，文不满五百，而转斗千里的情状，已宛然可以想念。李陵是个将军啊，而自古牵骡负囊，为生计所驱，辗转于无途之途者，十九为普通百姓，死于道者，又不知有几百千万，特无人作传耳。绝域之通，我们在历史书中只读到一片欢呼之声，其间垂死的呻吟，枕藉的白骨，早掩没在西陲的沙雪中；即使我今天所推荐的这一部《艽野尘梦》，作者对一百多名同行者道死的细节，也无详述。但在我国的群籍中，死里逃生于绝地者的追记，又足以惊心动魂的，以此书为第一，盖死者无法开口，生者多不通文墨，所以众多更惨烈的事实，只有与死者同化了。

《艽野尘梦》的作者陈渠珍后来也是大人物了，沈从文的读者大概都知道他，所谓"湘西王"，割据一方逾二十年，但在故事开始的1909年，他尚是清军中的一名管带。驻藏办事大臣联豫与藏方不睦，调川军入藏欲为挟制，至有达赖出走之事，这些是史家的事，也不去说它；不久武昌事变，驻藏清军内乱，杀左参赞罗长裿，拥协统钟颖为首，抢掠拉萨，至被藏兵围攻缴械，而军中仇怨纠葛，钟颖被案诛，诸将仍复相攻，这是后来的事，也不去说它；只说陈渠珍当鼎革之际，惧祸之将至，率了111名湘西（及滇黔籍）子弟兵，集体地开了"小差"，于辛亥年十一月间从工布江达出发，北上青海，却走入了无人的绝域，一行人餐风宿雪，日有死亡，待到第二年六月获救时，只活下来11人。

中间的一段路线，为本书做注的任乃强先生精熟藏区史地，也不能确考，所绘图形，终无法得其究竟。大致这一行人出那曲地区后，不久便西偏。他们雇了一名老喇嘛为向导，或为彼有意引入死地，也未可知。至通天河该喇嘛就逃掉了，此后更是盲人瞎马，一脚沙一脚雪地乱走。时当冬季，北风骤发，酷寒可想而知；粮食尽则屠牲口，牲口尽则连行李也不能带，自然冻馁更甚。中间种种细节，读来惨怛，如火柴将尽之时：

"每发火时先取干骡粪，搓揉成细末。再撕贴身衣上之布，卷成小条。八九人顺风向，排列成两行而立，相去一二尺，头相交，衣相接，不使透风。一人居中，兢兢然括火柴，燃布条，然后开其当风一面，使微风吹入，以助火势。布条着火后，置地上，覆以骡粪细末……"

身处绝境，人的本性表露无遗。陈渠珍先既不能约束兵士，后于绝境中遇一小队蒙古喇嘛，饷以酒食，许以赠粮，而人心无

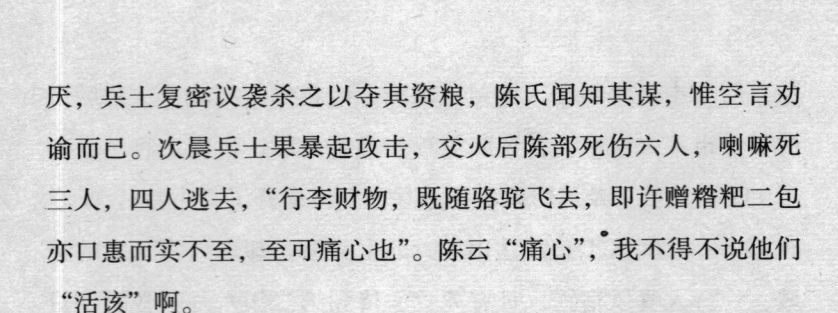

厌，兵士复密议袭杀之以夺其资粮，陈氏闻知其谋，惟空言劝谕而已。次晨兵士果暴起攻击，交火后陈部死伤六人，喇嘛死三人，四人逃去，"行李财物，既随骆驼飞去，即许赠糌粑二包亦口惠而实不至，至可痛心也"。陈云"痛心"，我不得不说他们"活该"啊。

所可歌可泣者，陈渠珍驻德摩时纳一藏族女子西原，陈氏原有妻子，娶西原未必非出于军旅无聊之心，而西原之勇敢高尚，如暗夜之灯，一路之生死与共，亦足锻造真情。获救后过西安，西原染天花，一病而逝。陈氏既葬西原，"入室，觉伊不见。室冷帏空，天胡不吊，厄我至此，又不禁仰天长号，泪尽声嘶也。余述至此，肝肠寸断矣。余书亦从此辍笔矣"。

读此书后一月，即道经那曲一带，曾动念往追这一行人的旧踪，左望羌塘，沙天雪地，山峦连绵，衰草掩道，道边秃鹫，凝立不动，遂栗缩而止。

想读《艽野尘梦》

钟叔河

我喜读笔记，尤喜寻读近人和今人的笔记，即使它没有题名"笔记"，只要是自记自事（不是刻意创作），自说自话（不是奉命而作），便可视为今之《世说》《国史补》，文史价值虽未必能相比，也总能记录下一些人们活动的真相，胜于空谈远矣。

近见蒋祖烜君文章中提到《艽野尘梦》，此乃民国时期"湘西王"陈渠珍写的一册笔记，记其于清朝覆亡前夕进出西藏的经过。"艽野"词出《小雅》，《毛传》释为"远荒之地"，正指西藏。"尘梦"的意境，则像是在说"往事并不如烟"（这是冰心《追忆吴雷川校长》文中的句子），颇含惜往伤逝的悲怆，因为有一位藏族女子，为了帮助作者逃出西藏，付出了她年轻的生命。

此书四十年前曾从陈氏后人借阅一次，为民国年间自印本，十分难得。用的虽是文言，记叙却能委曲周到，描写也很注意细节。有些精彩片段，读时即深深为之吸引，读后又久久不能忘记，还不止一次在茶余饭后当故事讲过。以下便来复述几节，全凭记忆，难免出入，也有我故意添减之处，请读者观其大略可也。

宣统元年(1909)清军进藏，陈氏时任某部三营管带（营长）。过金沙江后，天气奇冷，宿营的牛皮帐篷夜间冻得硬如铁板。每日晨起，须先在帐中生火，烤一至二个时辰，待牛皮烤软，才能拆卸捆载到牦牛背上，这就快到开午饭的时候了。因此部队总要午后才能出发，只走得三四十里路，天色向晚，又要找宿营地支牛皮帐篷了。

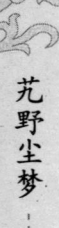

在行军中，军官都有马骑，却不能一上路就骑马，而要步行好几里，待双脚走得发热，然后上马。骑行数里后，脚趾便会发冷，而且越来越冷，决不能等到冷得发病的程度，即须下马步行。营中各队（排），也为伤病士兵备有马匹。队里总有几个爱耍小聪明爱占小便宜的兵，见马少兵多，便抢先报告队长请求骑马。上马以后，稍有经验者知不能久坐，骑些时候就会下马，没经验又贪心不足者，总怕马被别人骑去，先是装脚痛不下马，结果脚真的冻痛冻僵，下不得马了。营里最后被冻伤冻残了的，便是各队最先争着骑马的这几个兵。

进驻拉萨以后，藏官笑脸相迎，还送了个年轻丫头给陈管带做小老婆（书中称之为"藏姬"）；但没舒服几天，到了辛亥年（1911），这种笑脸就变成凶神恶煞相，要杀汉人了。"藏姬"西原却站到了男人这边，帮助陈氏和护兵逃出了拉萨。这时由原路东归已不可能，只好走藏北无人区，经过青海往西安。他们在无人区一度断粮，陈氏虽有武器，对天上飞的老鹰、地下跑的羚羊却毫无办法，幸亏西原枪法极精，弹无虚发，才不至于饿死。

最后到了西安，那里正流行麻疹，高寒山区无麻疹病毒，西原没有病过，没得免疫力，很快被传染。别人却以为成年人不会再"出麻子"，耽误了治疗，西原遂不幸病死，年仅一十九岁。陈氏对她还算有情义，将灵柩运回湘西，建了墓，还留下了这一册《艽野尘梦》。

《芫野尘梦》中最精彩的故事，也是在无人区中发生的。某次行至有水草处准备安歇，遇上几个去拉萨的喇嘛也来了，他们的马多，食物也多，态度却很友善，应允以一匹驮马和若干食物相赠。护兵见喇嘛有油水，不知其带刀枪，便想尽杀其人，尽夺其物，决定翌日整装待发时动手，以为这样对方不会防备，事后也无须收拾，最为妥当。陈氏虽以为不可，但寡难阻众，只得听之。

第二天一早，喇嘛送来了驮马食物，还帮助他们将各人坐骑上原带的物品转移到驮马身上，说是轻装利于快走。整装已毕，护兵就开了枪，击伤一个喇嘛。谁知几个喇嘛（连同伤者）反应极快，立即飞身上马，并迅速从宽大的藏袍中出枪还击，护兵应声倒地，一死一伤，喇嘛们却绝尘而去。更没想到的是，刚送来的那匹驮马也跟着跑去，不仅带走了礼品，还带走了他们原有的食物和用品。

这几节故事，略可见清末民初"荒野"情况之一斑，也是边疆史有价值的资料。

像《芫野尘梦》这样原来无名的薄本小册，因为是私人笔记私家印本，又无关帝王将相才子佳人，所以多被湮没。十多年前我笺释印行过一册《儿童杂事诗》，几年前又整理印行过一册《林屋山人送米图卷子》，二书的性质，亦与我所说的笔记大略相近，因为孤陋寡闻，至今仍少见有继续做这种拾遗辑佚事情的人，难道这类著述的命运总是寂寞的么？

一个军阀与一个藏女的爱情故事

阿　细

这样的一个下午，泡上一杯菊花茶，和我一起来听听这个老的故事吧。

遇到他那年，她十五六岁，明眸皓齿、艳若桃李。那天，与往日并不甚不同。天高、云淡，草原上遍是野花的清香，少女们长长的毡裙如斑斓的蝴蝶在风中翩翩起舞。

那天，她和一群天真烂漫的藏族少女为客人表演马上拔竿。策鞭疾驰、裙袂飘飞，在马经过立竿的时候俯身，轻盈敏捷的身姿让众人大声叫好，她一气拉拔五竿，精湛的马术让他瞠目结舌。

遇到她那年，他二十余岁，英武挺拔，是清朝驻藏的一名管带。受邀去贡觉的营官加瓜彭错府上饮酒。那天，与往日并不甚不同。依旧是好喝的青稞酒，依旧有大方的藏族少女在草地上跳着锅庄舞。他诧异地凝望着那个连拔五竿的少女，憨直的模样让她忍俊不禁，而彼时，她并不知自己的命运已经和这个叫陈渠珍的汉族军人紧紧系在一起，直到生命的终结。

他迎娶了她。

他率兵进攻波密，她骑马随征，战场救他性命。武昌起义后，援藏清军哗变，他写纸条与她，期望和她一起东归，并相约在德摩山下相见。高原悲鸣的寒风中，她如约而至，金子一样的笑容照亮着他，温暖着他。他率领官兵百余人逃出，她亦跟在其后，怀里揣的是母亲在她临行前留给她作纪念的珊瑚，而脸上是尚未擦干的泪痕。寒风中，他们策马狂奔，发辫在风中散乱飞舞，如几近暗涌的命运。

　　被向导喇嘛误导入草原。人马在一天一天地减少，浩瀚的大漠让人绝望，更加残酷的是食粮殚尽，昨日冻死的兄弟，成为今日烹煮的口粮。而她的身体也日渐虚弱，脸色苍白如枯萎的野花。但她依然爱笑，她的笑，是寒夜中淡亮的火光，微弱，但给他以希望。怀中，藏着一小片干肉，是她为他节省的。她说自己耐得住饿，而他要指挥队伍，不可一日不食。况且，她万里从君，他若无，她还能活下去么？

　　他的士兵心性大变，欲杀她带来的藏族少年取食，被她坚毅冷酷地阻挡。俯身拿枪，他亦尾随，天明时分，猎来野狼抛于雪上。七个月后，他们抵达丹噶尔厅，始前的百余人只剩下7个。

　　在西安。他们借居于友人的空宅中，一面写信要家里汇钱。生活虽拮据但安定，而这也该是他一生中关于她的最后的一点美好回忆。她穿上了汉族女子的衣服，神情羞涩安详。他每日出门谋事，她送他至偏门，然后在家中静静等待。如同沱江边吊脚楼上临江远眺的妇人，期待着男人的归来。

　　变卖了随身携带的一切贵重物品，包括她的珊瑚和他作战用的望远镜，而因战事原因汇款一直未见踪影。一日夜归，见她面颊通红，问。原来他走之后，她便开始浑身发热，头痛难忍。她一连烧了几日，大病，卧床不起。请医生来看，误诊为寒毒。旅途劳顿加上从小在洁净高原长大的她，刚吃了一服药就现出了天花。

附录

275

命运是个巨大的圆圈，他们茫然站立其中，不知所措。

终于一天，她眶中噙着泪对他说自己梦见母亲喂糖水给自己喝，按照西藏的风俗，梦见这一情景，必死无疑。夜里，朦胧中他被唤醒，听见她泣声道：西原万里从君，相期终始，不图病入膏肓，中道永诀。然君幸获济，我死亦瞑目矣。今家书旦晚可至，愿君归途珍重。

说罢，瞑然长逝。

抱住她依旧温热的身体，巨大的悲痛让他几欲昏厥。万里跟随，一路相依为命，而他，连给她殓葬的钱都没有。心如刀绞，号啕大哭。

在友人的帮助下，他将她安葬在西安城外的雁塔寺。回到居处，室冷帏空，天胡不吊，泪尽声嘶，禁不住又仰天长号。

书到此戛然而止。因为他"述至此，肝肠寸断矣。余书亦从此辍笔矣"。

时至今日，读来犹可触当时他肝肠寸断的痛。

后他返湘，成为湘西最高统领，好读书，不喜女色。1952年，他逝于长沙。彼时，她已在另一个世界沉睡四十年。

图书在版编目（CIP）数据

艽野尘梦／陈渠珍著 . —2版 . —拉萨：西藏人民出版社，
2009.1

ISBN 978-7-223-01117-4

Ⅰ.艽… Ⅱ.陈… Ⅲ.自传体小说－中国－当代
Ⅳ.I247.5

中国版本图书馆CIP数据核字（2008）第191577号

艽野尘梦

作　　者	陈渠珍
策划编辑	王志鹰　胡　杨　萧三郎
责任编辑	杨芳萍
评注链接	冯永锋　何崇吉
封面设计	张新勇
内文插画	王志兴
出　　版	西藏人民出版社
社　　址	拉萨市林廓北路20号　850000
	北京发行部：北京市东土城路8号林达大厦A座13层　100013
	电　　话：010-64466473
印　　刷	北京市昌平北七家印刷厂
经　　销	全国新华书店
开　　本	16开（680mm×1000mm）
印　　张	18
插　　图	80幅
字　　数	180千字
版　　次	2009年1月第2版第1次印刷
印　　数	1—10000
标准书号	ISBN 978-7-223-01117-4
定　　价	29.80元

版权所有　侵权必究